Líbranos del mal

EMPAR FERNÁNDEZ & PABLO BONELL

Líbranos del mal

NOVELA

ALMUZARA

Primera edición: marzo de 2020

Editorial Almuzara • Colección Tapa negra
Director editorial: Antonio Cuesta
Edición de Javier Ortega
Corrección y maquetación: Rebeca Rueda
www.almuzaralibros.com
pedidos@almuzaralibros.com — info@almuzaralibros.com

Imprime: Black Print
ISBN: 978-84-18089-74-9
Depósito Legal: CO-29-2020
Hecho e impreso en España—*Made and printed in Spain*

ÍNDICE

Empiezo a conocer a la muerte; tiene otros secretos, aún más ajenos a nuestra actual condición de hombres. Y sin embargo tan entretejidos y profundos son estos misterios de ausencia y de olvido parcial, que sentimos claramente confluir en alguna parte la fuente blanca y la fuente sombría.

Marguerite Yourcenar, *Memorias de Adriano.*

CAPÍTULO 1

PABLO

A principios de diciembre el día tarda en llegar y pocos minutos antes de las ocho de la mañana el cielo seguía de un morado oscuro, impenetrable. Comprobé que en los bloques cercanos eran muchas las luces encendidas. No importaba que la mañana fuese gélida ni que la luz tardara en asomar sobre las azoteas, en el barrio el día siempre empezaba pronto. Mal de muchos… Descendí de la moto, y sin dejar de sujetar cartera y casco, con los dedos torpes y doloridos, busqué en el bolsillo las llaves del instituto. No me había puesto los guantes y tenía las manos heladas. Había olvidado subirlos a casa para que se secasen tras la lluvia del sábado anterior. No solo estaban mojados, olían a sumidero.

Un puñado de adolescentes aguardaba a la entrada del centro; todos ellos tenían las manos en los bolsillos, el cuello encogido y la cara de sueño. No hablaban. Un viento helado hacía que el día arrancara desapacible y frío. Demasiado frío, demasiadas sombras. Uno de ellos me saludó alzando las cejas. Correspondí con un gesto parecido. Apenas unos minutos nos separaban del calor de las mantas.

Recuerdo que resoplé al entrar y que Alicia, que se desprendía de una enorme bufanda roja tras la cual hubiera podido ocultarse casi por completo, sonrió al verme. Resoplé de nuevo. Cruzamos unas palabras. Muy pocas. Banales. El frío, la moto, las manos heladas, la nariz enrojecida... Firmé la entrada y le pedí a Cosme la llave de la sala de actos. Había programado un examen de Historia del Arte y no podía perder tiempo.

—Tú mismo, Pablo. Ya sabes dónde está. Yo ando liado, esta gente lo quiere todo para ayer —interpreté que se refería al equipo directivo—. Ya los conoces. Además, he oído que viene la inspectora y andan reuniendo papeles.

Cosme llevaba en el centro desde su inauguración en los años ochenta y apenas le quedaban unos meses para jubilarse. El conserje señalaba cada día que pasaba en un enorme calendario obsequio de una entidad bancaria y nos recibía cada mañana con la cifra mágica de los días que lo separaban del cuidado de sus nietos. No contaba los «días rojos», las festividades. De trato generalmente áspero y propenso a la queja siempre a flor de labios, Cosme se desvivía por aquellas dos criaturas cuyos nombres conocía todo el claustro, Martí y Paula. Un hombre con una doble vida.

No tardaría en saber que no era el único.

—46. ¿Me has oído, Pablo? 46. Ni uno más.

Sonreí como hacía cada mañana al reconocer la cifra menguante y entré en el espacio acristalado de la conserjería. Abrí el armario de las llaves y cogí la que necesitaba. Recuerdo que otra llave, la de repuesto, quedó colgando de la alcayata, balanceándose. La fotocopiadora zumbaba cuando atravesé el vestíbulo y enfilé el corredor mientras Cosme se dirigía a la entrada para desbloquear las puertas y franquear el acceso a los alumnos.

Una de mis alumnas me adelantó y me abordó:

—Mira, profe, ¿te gusta mi *tattoo*? —Era Lorena Bermúdez, de mi animada tutoría de tercero de la ESO. A pesar del frío, se apartó el cuello de la sudadera y me enseñó un tatuaje diminuto sobre su clavícula. La tinta azuleaba sobre la piel enrojecida—. Es mi nombre en japonés —me explicó. Me limité a insinuar una sonrisa y a encogerme de hombros. No manifesté la menor curiosidad.

Había visto tantos tatuajes y tantas estrambóticas justificaciones de por qué una araña, una sirena, un puño cerrado, una cruz celta o un sable, que no necesitaba ninguna más.

Recordé que Lorena Bermúdez, que me explicaba el significado de su *tattoo* de inspiración japonesa con evidentes muestras de satisfacción, era la misma alumna que el curso anterior había situado Japón exactamente en Madagascar.

—Sí, Lorena, si a ti te gusta, a mí también, ¿pero no crees que antes de meterte con el japonés podrías dedicarte un poco al inglés? Lo digo porque por el momento tienes un 2 y te van a quedar seis más si no espabilas. Esto es un desastre, Lorena. ¡Siete asignaturas! Y los profes dicen que no das un palo al agua. Hablaré con tus padres. Tienen que saber que, si sigues así, repetirás.

—No, tú tranquilo, Pablo. Estoy un poco... Un poco perra, ya sabes. Pero son unos días. Yo controlo.

—Llevas así todo el trimestre. Todo. No has abierto un libro, y sé de lo que hablo. No tienes excusa. Conmigo no te va a servir. Ni se te ocurra. Y espero que con tus padres tampoco.

Por su mueca comprendí que no dejaría de intentarlo. Quizás ya estaba en ello.

—En el segundo trimestre yo me pongo y me lo saco todo. Ya lo verás. No pasa nada. Tú no te preocupes, Pablo. De verdad, no te preocupes —añadió, como si los papeles acabaran de invertirse y se sintiera inclinada a consolarme.

—Hablamos en otro momento, Lorena. Ahora tengo un examen.

Conociendo a Lorena no pude evitar pensar que el *tattoo* era el premio que había recibido de sus padres por su prometedor rendimiento escolar.

Cuando alcancé la sala de actos en la planta inferior advertí que algunos de mis alumnos me seguían de cerca. Se agolparon a mi espalda mientras introducía la llave en la cerradura, abría la puerta de doble ala y, a tientas, buscaba el interruptor de la luz.

Entraron casi a empujones con el propósito de ocupar los que consideraban los mejores sitios. No eran muchos, apenas 15 alumnos matriculados en Historia del Arte de segundo curso de Bachillerato y solo cinco o seis a los que había conseguido que les interesara la asignatura. Tenía tiempo, más de medio curso, para intentar que la cifra aumentara, me decía con un optimismo difícil de justificar.

Los fluorescentes parpadearon y acabaron por iluminar la desangelada sala. La cortina roja que oculta el escenario a modo de telón estaba bajada y no permitía ver la pantalla instalada recientemente en la pared del fondo. Pulsé el botón que accionaba el mecanismo que la hacía desaparecer y la enrollaba en el techo de la sala. Necesitaba proyectar la vista aérea y a todo color de la Mezquita de Córdoba y la fachada de Sant Climent de Taüll.

Cuando comprobé que la cortina se elevaba, cogí las hojas fotocopiadas que había de repartir para el examen. Me aseguré de que los alumnos se sentaran conforme a las instrucciones que habían recibido cuando hicieron la primera prueba y que había repetido un par de veces desde entonces. Fila sí, fila no y asiento libre de separación. Debían empezar a habituarse a las condiciones de un examen de Selectividad. Eran pocos y no desconfiaba de ellos. No había requisado móviles ni comprobado que no ocultaran ningún tipo de dispositivo. Todo llegaría.

No había acabado de elevarse por completo la cortina cuando el grito de Marta Correa quebró la mañana y disipó de las mentes cualquier resto de somnolencia. Era casi un aullido y me sorprendió cuando me daba la vuelta para dirigirme a la tarima. No se parecía a ningún otro grito que hubiera oído antes. Y había oído muchos.

Al aullido de Marta se sumaron otros mientras la cortina seguía elevándose. Todos ellos estremecedores.

Marta se precipitó fuera del aula con cara de espanto. Huía. Sus compañeros siguieron sentados al desaparecer por completo la cortina. Petrificados. Recuerdo que Dani Armesto tenía los ojos muy abiertos y que se tapaba la boca con la mano, no podía creer lo que estaba viendo. A su lado, Rachid Lamou completamente inmóvil, como atrapado en un barril de cemento, mientras su hermana Houda gritaba y dejaba caer el libro de Historia del Arte al suelo. Un escalofrío me recorrió la espalda y, todavía con las fotocopias en la mano, seguí la trayectoria de sus miradas. En la puerta, dos alumnos que acababan de llegar se precipitaron al interior.

Creo que yo también grité. No estoy seguro. Lo que sí puedo afirmar es que en aquel momento no me atreví a acercarme. No me moví, también yo me quedé paralizado. Horrorizado ordené a voces que salieran y me apresuré a pulsar el botón y bajar la cortina como si al hacerlo pudiera invertir el tiempo y regresar al instante en el que todavía ignoraba la presencia de dos cadáveres al otro lado.

Empujé a Dani sin miramientos y vi cómo Houda tiraba de Rachid, que no acertaba a poner un pie delante de otro. Arrastré como pude a los más reticentes. Tenía que sacarlos de allí cuanto antes. No fue fácil.

—¡Fuera, todos fuera! —grité—. Tú, Edu, ve a buscar a Adriana o a Jordi. Al primero que encuentres. Que vengan. Corre.

El chico, lívido, obedeció y echó a correr escaleras

arriba con la mochila colgando todavía de su espalda. Se sentía aliviado al alejarse de allí.

Prendida en mi mente, la imagen pavorosa apenas avistada de dos cuerpos casi desnudos por completo y colgando por los tobillos del perchero fijado a una pared lateral. Dos cuerpos muy jóvenes y muy pálidos súbitamente expuestos a la cruda luz de los neones que iluminaban la gran sala. Una luz inclemente que fulminaba las sombras.

Un chico y una chica inermes y colgando en un pavoroso escorzo.

Decididamente muertos.

Imposible olvidar la blancura de la piel de ella, la desnudez de uno de sus pechos, la de sus muslos y la de su vientre, su cabello castaño derramado sobre el suelo y sus brazos rendidos. Su cabeza, en contacto con las baldosas, parecía haber quebrado el cuello y casi rozaba su hombro. Tenía los ojos cerrados y la boca abierta como en mitad de un grito. Recuerdo, como si pudiera verla, una de sus piernas, la que el responsable de aquel espanto no había sujetado al colgador. O la que podía haberse desprendido en un descuido. Una pierna asombrosamente blanca y flexionada hacia atrás en una postura improbable. También recuerdo una banda de tela oscura que no reconocí recubriendo parcialmente la parte superior de su torso.

Pude identificarla. Claudia. Claudia Pellicer.

Quizás eso fue lo peor.

Tampoco podré olvidar mientras viva el cuerpo sin vida de él, ni su piel algo más oscura, ni el vello casi ocultando sus genitales. Recuerdo su cabeza hacia atrás y su rostro apoyado directamente sobre el suelo soportando en parte el peso de su cuerpo y hurtado a la vista. Completamente anónimo. Joven, fuerte, muerto. Pensé que difícilmente podría sobrevivir con la nariz aprisionada contra las baldosas. Tardé un instante en comprender que, en aquellas circunstancias, respirar no era una prioridad.

Inspiré profundamente un par de veces y cerré la puerta a mi espalda mientras llegaba el resto del grupo y la noticia del macabro hallazgo pasaba de un alumno al siguiente en unos instantes. Me temblaban las piernas y diría que mi corazón había dejado de latir para bombear enloquecidamente. Tras los primeros gritos se sucedieron las voces apagadas. Me apoyé en la pared. Seguía conservando las malditas fotocopias en la mano. Las dejé en el suelo. Accioné de nuevo el pulsador que hacía descender la cortina. Comprobé que Rachid había salido de su estupor y abrazaba a su hermana. Houda lloraba. Su pañuelo rojo se había desplazado y dejaba entrever parte de su cabello de un negro absoluto.

El nombre de Claudia estaba ya en todas las bocas. Advertí que un par de chicos habían sacado sus móviles y tecleaban. No reaccioné. Debería haberlo hecho, debería haberles ordenado que guardaran sus teléfonos de inmediato. Pude habérselos arrancado de entre los dedos. No lo hice. Estaba demasiado ocupado recuperando el control de mis piernas y aguardando a que mis manos dejaran de temblar.

En el pasillo, a pocos pasos de los cuerpos suspendidos, se multiplicaron los susurros. Como si, a su manera, los chicos muertos nos exigieran silencio.

Apenas un par de minutos tardó Adriana en aparecer. Llegó sin resuello y con cara de perplejidad precedida por el chico que acababa de enviar en su busca. Recuerdo los tacones de sus botas resonando en el corredor helado. Todavía vestía el abrigo gris del que no se separaba en todo el invierno y conservaba el bolso colgando. Los chicos abrieron un pasillo y la directora se acercó a mí.

—¿Qué es lo que…?

—Es mejor que lo veas tú misma.

Le indiqué que me siguiera y, con la llave de nuevo en

la cerradura pero sin llegar a abrir todavía, le expliqué que acabábamos de encontrar dos alumnos aparentemente muertos colgando de un perchero.

—¿Muertos? ¿Aquí?

—Yo diría que sí.

Con cara de incredulidad y frotándose las manos heladas se dirigió a los adolescentes, estremecidos por el frío y el espanto, que acababan de comprender que mi examen quedaba aplazado *sine die*.

—Ahora entráis aquí al lado, en el aula de música, y esperáis. Y no quiero ni un grito por los pasillos.

Algunos intentaron oponerse. No querían renunciar a seguir los hechos de cerca. Adriana, nacida para ocupar un cargo de responsabilidad, ignoró sus protestas y señaló a Rocío con la mirada. Es tanta la autoridad que emana de la directora, una mujer de baja estatura, gestos amables y una astucia indiscutible, que bastó con una leve ojeada para que la delegada dejara de lloriquear.

—Ve a la sala de profes y que baje el que esté de guardia. No le expliques nada. ¿Me oyes? Nada. Ya habrá tiempo.

Y dirigiéndose al grupo:

—Vamos a tranquilizarnos. Por el momento esto no sale de aquí. ¿Me habéis oído? Vais a dejar el móvil en el primer escalón. Todos. ¿Entendido? Los recuperaréis dentro de un rato. Y no os preocupéis, no me voy a quedar con ninguno, ya tengo el mío. Vuestros padres lo entenderán. Tú también, Rocío.

La chica se irguió, retiró una lágrima con el canto de la mano, dejó el móvil en el escalón, recuperó la mochila que había dejado cerca de la puerta cerrada y se alejó a buen paso. En la funda del aparato distinguí una imagen del Big Ben sobre la Union Jack.

Algunos alumnos elevaron un par de réplicas desafortunadas que agonizaron de inmediato. Adriana no se molestó en responder. Obedecieron uno detrás de otro y yo mismo recogí los móviles y los guardé en mi cartera. A punto estuve de sacar el mío del bolsillo posterior del pantalón y unirlo a los demás. No lo hice.

Ya era demasiado tarde, pero ni Adriana ni yo podíamos saberlo. A diferencia de la directora, yo ni tan siquiera había pensado en ello. Me lo reprocharía muchas veces en el futuro.

A mi lado, Ricard Bermúdez le preguntaba a Arnau Pacheco, su amigo del alma, si creía que podían haberse suicidado el uno al otro. Arnau resopló y se encogió de hombros. Yo no me molesté en señalar la contradicción interna de la pregunta.

—Y sin gritos, os lo pido por favor —les rogó bajando ella misma la voz hasta convertirla en un susurro, como si de verdad solicitara de ellos una gracia.

Nos quedamos solos al otro lado de la puerta tras la que dos adolescentes muertos colgaban desnudos de un perchero. En las plantas superiores los chicos habían entrado ya en sus clases y en el edificio entero imperaba el silencio.

—Prepárate —dije, y sonó a orden.

Saqué la llave y abrí. La luz seguía encendida. Pulsé de nuevo el botón que elevaba la cortina. Adriana se llevó de inmediato la mano a la boca para sofocar el grito y sacudió la cabeza como para expulsar la terrible imagen de sus retinas. A continuación cerró los ojos, se inclinó hacia adelante y murmuró algo que no alcancé a entender, quizás una plegaria o el nombre de la chica a la que sin duda acababa de reconocer. Apretó los labios y respiró muy hondo varias veces, con toda seguridad seguía viendo a los dos chicos muertos en la pared de sus párpados.

Se sentó en una de las sillas a media sala. Comprendí que también a ella le fallaban las piernas. Tomé asiento a su lado. Hacía frío. Un frío casi irreal producto tal vez de la conmoción que sentía. Aguardamos unos instantes sin pronunciar palabra. Yo no conseguía desprender la vista del cuerpo asombrosamente pálido de aquella chica a la que había visto sonreír horas antes mientras prometía dedicar «mogollón de horas» a mi asignatura. Seguía intentando reconocer a aquel alumno de cuyo rostro apenas resultaba visible el mentón. Advertí que en la base del cuello azuleaba un tatuaje, tres figuras diminutas y muy próximas. No conseguí relacionarlo con nadie.

—Ella es Claudia Pellicer. ¿Y él? —preguntó en un susurro como si temiera despertarlos de un sueño profundo.

Negué con un gesto mientras me encogía de hombros.

—Tendremos que llamar a la Policía.

Asentí mientras me ponía en pie, recuperaba cartera y abrigo, cerraba con llave la puerta de la sala y seguía a la directora, que había asumido el control y se alejaba ya en dirección a su despacho. Caminaba deprisa, siempre lo hacía, a pasos breves y muy rápidos. Era incansable.

—La Policía —repetí en voz muy baja mientras devolvía la llave al armario de conserjería y eludía con una evasiva contestar a las preguntas de Cosme. El conserje no tardaría en enterarse.

Adriana hablaba ya con la comisaría cuando alcancé el despacho de dirección. Más allá de los cristales el cielo era ya de un violeta pálido. Recuerdo haber pensado que, incluso con todas mis neuronas desbordadas por los acontecimientos, quedaba espacio en mi mente para apreciar detalles como el color del cielo o la imagen estampada en la funda del móvil de Rocío. Jordi Grau, el jefe de estudios, me miró con cara de estupefacción por encima de sus gafas de lectura. La directora acababa de explicarle que yo era la persona que había descubierto dos cadáveres en una de las dependencias del centro.

Y lo que, para mí, que dedicaba mis horas libres a escribir en colaboración novelas de género negro, hubiera podido representar la estimulante oportunidad de participar directamente en una investigación criminal, acababa de convertirse en el inicio de una verdadera maldición.

El resto de la mañana fue espantoso. Los primeros padres aparecieron, por obra y gracia de la mensajería instantánea, justo cuando Adriana colgaba el auricular. Llegaron antes de que lo hicieran los Mossos d'Esquadra, cuando todavía no había podido ordenar a Cosme que les impidiera el paso. Y, aunque un instituto no es casi nunca un lugar tranquilo y no conocemos la monotonía, el hallazgo de dos cadáveres en una de sus dependencias desató, tanto en el interior como a sus puertas, un verdadero caos. Una vorágine.

En secretaría el teléfono no paraba sonar mientras la directora se multiplicaba intentando contener a los padres que exigían una explicación que no podía ofrecer. En su flanco izquierdo, Jordi pedía serenidad y, en el derecho, Cosme rezongaba y clamaba agriamente al cielo. ¡46 días!

Un par de agentes uniformados aparecieron pocos minutos después y ayudaron a despejar el vestíbulo. Yo, que no conseguía olvidar lo que acababa de ver, me quedé en un rincón sosteniendo todavía el abrigo y la cartera. Incapaz de ayudar. Paralizado. Temblando. Unas horas más tarde caería en la cuenta de que había olvidado el casco en alguna parte.

La noticia había saltado muros, cruzado calles y plazas y desbordado los pasillos con la inestimable ayuda de las nuevas tecnologías. Durante el primer cambio de clase los profesores se miraban unos a otros desconcertados. El griterío en los corredores superaba las proporciones habituales y los alumnos se resistían a volver a sus aulas.

Una de las psicopedagogas de plantilla fue requerida de urgencia para asistir a una chica que presentaba un cuadro de ansiedad y aguardaba respirando con esfuerzo, estirada sobre un banco. Se sentó junto a ella, sujetó su mano y, con las gafas en la punta de la nariz y un chal sobre los hombros, le habló en voz muy baja. Hubiera jurado que la chica no podía oírla. En el gimnasio una clase de 3º se negaba a cambiarse de ropa y en el aula de tecnología la profesora exigió a sus alumnos que dejaran el *cutter*, abandonaran los bancos de trabajo y se situaran al fondo de la clase junto a los ventanales hasta que consiguieran calmarse. Los alumnos, siempre mejor informados, se apresuraron a comunicar lo ocurrido a sus perplejos profesores. Algunos, ávidos de emociones fuertes, aportaron detalles que añadían sordidez a una imagen que ya de por sí resultaba terriblemente impúdica.

—Son dos. Los han encontrado tiesos en la sala de actos —refirió, móvil en mano, un chico de 2º de ESO con tres aros de plata colgando de su oreja.

Las luces azuladas de un par de coches de policía que estacionaron en la entrada incrementaron la confusión y el miedo de los padres que esperaban a las puertas. Muchos pretendían llevarse a sus hijos de inmediato y pugnaban por entrar. Cosme había cerrado por orden de Adriana, que había sido aconsejada por los primeros agentes que se personaron en el edificio. Todo eran especulaciones y en la calle corría ya el rumor de que las muertes se debían a la presencia de un violador que además era un asesino en serie.

Seis personas descendieron de los vehículos, cuatro de ellas uniformadas, y se abrieron paso entre lo que empezaba a ser un gentío vociferante. Algo más lejos aparcaron dos unidades móviles y desembarcaron a un puñado de jóvenes micrófono en mano o cámara al hombro.

El último día del trimestre escolar, justo antes del larguísimo puente de la Constitución, se convirtió en un infierno de nervios, voces y llantos desatados. Se imponía tomar una decisión y Adriana la tomó auspiciada por el subinspector Escalona, que, según acababa de asegurar, sería el policía al frente de la investigación.

—El forense está a punto de llegar y el juez tampoco puede tardar. Yo necesitaré hablar con el profesor y con los alumnos que han entrado en la sala. También con usted, con los conserjes y con todos los profesores de los chicos. Envíe al resto a casa.

Adriana así lo hizo. El instituto cerró sus puertas cuando entre los edificios el cielo era ya de un azul pálido. Los alumnos obedecieron como era de esperar, casi en estampida. Algunas madres y más de un padre se abalanzaron sobre sus hijos.

Yo me quedé en su interior.

La multitud tardó mucho en dispersarse.

El nombre del chico al que yo no había conseguido identificar sobrevolaba ya las cabezas: Tommy Paguay. Uno de sus compañeros había reconocido el curioso tatuaje.

EMPAR

No advertí el tumulto en las inmediaciones del centro hasta que estuve a pocos metros. Un viento racheado y frío había despejado el cielo de nubes e invitaba a caminar con la cabeza baja. Pensé en un escape, en la calefacción estropeada y el edificio entero helado a las puertas del invierno o en el suministro de electricidad interrumpido. Incluso en una alarmante grieta cruzando el suelo. Cosas más raras se han visto. La posibilidad de encontrar a un par de alumnos muertos en la sala de actos era tan remota que, al llegar al instituto y advertir la presencia de una multitud en retirada y un par de vehículos policiales estacionados en el exterior, ni se me pasó por la cabeza.

Mireia Galicia, la profesora de Música, se detuvo al cruzarse conmigo en la calle. Había alarma en sus ojos y en los de su acompañante, un profesor de Inglés de pocas palabras y aire adusto, cuyo nombre ignoraba. En mi descargo debo añadir que yo había llegado al centro en el mes de septiembre y apenas había cruzado unas frases en la sala de profesores con algunos de los casi cincuenta miembros del claustro.

—¿Entras ahora?

Asentí. El martes era mi día más descansado, entraba a tercera hora, justo antes del recreo.

—¿Das clase a Bachillerato?

—Sí, la Geografía de segundo.

En pocas palabras me explicó lo poco que sabía.

—Si los tenías en clase, puedes entrar. La Policía quiere hablar con todos sus profesores. Yo no los he visto, pero dicen que es horroroso. No puedo creer que alguien... —no continuó.

Se llevó la mano al vientre y cerró los ojos. Se disculpó y siguió andando en dirección al metro escoltada de cerca por su silencioso acompañante.

Recordé de inmediato a Claudia Pellicer. Era una de mis alumnas. Una de aquellas chicas siempre amables, siempre sonrientes, que parecía no ser consciente de su atractivo. Un atractivo extremo, como los deportes de mayor riesgo. Poseía una figura estilizada y perfecta, una piel muy blanca levemente rosada en las mejillas y el cabello de un castaño claro, casi rubio, que se ondulaba en torno a unos melancólicos ojos almendrados del color de la arcilla fresca. Pero lo que más llamaba la atención, muy por encima de sus atributos físicos, era su sonrisa franca y siempre dispuesta a encaramarse a sus labios, contagiarse a sus ojos e iluminar su rostro por entero.

Seguí adelante mientras un escalofrío recorría mi espalda al imaginarla muerta.

No conocía a Tommy Paguay. Había oído hablar de él.

Repetía 1er curso de Bachillerato. Tenía fama de preferir el pasillo a las aulas, de ser indolente y de interesarse mucho más por el fútbol que por las matemáticas o la historia. Al parecer jugaba en el equipo del instituto y era uno de los que mejor tocaba el balón.

«Nadie merece morir en la adolescencia. Nadie», pensé mientras esquivaba el micrófono de una cadena televisiva empuñado por un joven de ojos verdes y patillas en boca de hacha como si se tratara de una espada láser. Me abrí paso entre los alumnos de los cursos inferiores que remoloneaban en la entrada a la espera de acontecimientos y de los corros de padres que se resistían a marcharse.

Cosme, el guardián de la puerta, era respaldado en sus funciones por un *mosso d'esquadra* también cercano a la jubilación. El conserje me preguntó si daba clases a Bachillerato y respondí afirmativamente con un gesto. A su espalda, Mónica, la conserje más joven y más diplomática, que lucía un llamativo mechón de un rojo intenso sobre la oreja derecha, intentaba convencer a un grupo de padres de que debían abandonar el vestíbulo.

—No sabemos nada. La Policía informará, por el momento no puedo decirles nada. Ni yo ni nadie. Solo que no pueden quedarse aquí. Han de marcharse. No, la directora tampoco puede atenderles en estos momentos.

—¿Y la presidenta del AMPA? —inquirió una mujer que se resistía a batirse en retirada mientras su acompañante la miraba con cara de estupefacción y en el pensamiento una pregunta: ¿qué puede saber Remedios si está al frente de una panadería desde las siete de la mañana?

—No está aquí. Creo que acaban de llamarla, pero no está previsto que venga. Además, tampoco podría…

—45 y medio —susurró Cosme al cerrar la puerta con llave para impedir cualquier descuido—. 45 y medio.

Cuando entré en el despacho de dirección Adriana hablaba con el padre de Claudia. Tenía la voz grave y el rictus descompuesto. Sostenía el auricular como si quemara.

—No, señor Pellicer, le repito que no puedo informarles por teléfono. Hace rato que intento hablar con usted. La madre de Claudia está al llegar. Es necesario que vengan aquí lo antes posible.

(...)

—Sí, ya sé que no tiene noticias de su hija y que está muy nervioso, pero yo no puedo... Sí, lo sé, lo entiendo, pero le repito que solo hablaré con usted en persona. Sí, usted y su esposa, si es posible.

(...)

—Sí, es grave. Pero no puedo informarles. Tienen ustedes que...

(...)

—Tranquilícese, por favor. Le aseguro que no puedo...

(...)

—De acuerdo. Pregunten por mí, soy Adriana, la directora. Les estaré esperando.

Cuando colgó tenía lágrimas en los ojos. Toda su fortaleza había desaparecido en un instante, se había escapado por el cable del auricular. Experimenté cierta forma de pudor, como si asistiera a una escena demasiado íntima, privada.

Bajé la mirada.

—No puedo darle una noticia así. ¿Cómo voy a...? El padre de Claudia está buscando a su hija. No durmió en casa y no tiene ni idea de... Y la madre de Tommy Paguay... Pobre mujer. Está sola aquí, completamente sola, el padre se marchó hace años, volvió a su país y si te he visto... Tiene a Tommy y a Lissette, que está en segundo de la ESO. He hablado con ella muchas veces. Es una buena mujer que se parte la espalda limpiando. ¿Cómo le dices a una madre que vive para sus hijos que uno de ellos acaba de morir? Nunca pensé que me tocaría hacer algo así. Te lo aseguro, Empar. Si me lo llegan a decir cuando acepté el cargo…

Jordi Grau levantó la mirada del papel en el que anotaba alguna cosa y me miró. Tenía la templanza del hierro colado y el semblante inalterable de una esfinge.

—Pablo está hablando con la Policía. Ha sido él quien ha encontrado los cuerpos.

El jefe de estudios no ignoraba que Pablo y yo siempre andábamos juntos especulando sobre un crimen, discutiendo los detalles o barajando diversas posibilidades, todas ellas negras, todas ellas siniestras. Llevábamos años escribiendo novelas negras a cuatro manos, casi desde nuestro primer destino común, y disputándonos una mínima porción del menguante mercado editorial. Viejos amigos y cómplices a partes iguales.

La presencia de Pablo y un intenso deseo de cambiar de aires eran las razones de mi reciente aterrizaje en el centro que se conocería horas después como el «instituto del terror». Una periodista poco imaginativa no había tardado en acuñar el burdo paralelismo con el «pasaje del terror», un evento aparejado a la reciente celebración escolar de Halloween.

—Los profesores de Bachillerato esperan en la sala de profes. Tú tenías a Claudia en tu clase, los *mossos* también querrán hablar contigo. Los compañeros de Claudia están en el aula de música; los de Tommy, en el laboratorio. Y todos sus padres al teléfono —añadió señalando a las secretarias que atendían como podían las llamadas de las familias cuyos hijos seguían retenidos en el centro—. Y cuando digo todos…

En la sala de profesores el ronroneo de la máquina de café acompañaba las conversaciones y servía de fondo sonoro a los silencios. Advertí lágrimas y caras de perplejidad entre los profesores que aguardaban para declarar que no sabían nada y que no habían sospechado nada ni de nadie.

—Yo no los he visto, pero me he cruzado con una de las chicas, con Rocío, estaba tan alterada que no podía ni hablar. Por lo que he conseguido entender, los cuerpos están colgados y desnudos en la sala de actos. Un espanto —explicaba casi sollozando una profesora de catalán—. No puedo ni...

No supe que era lo que no podía hacer. La voz se le había llenado de lágrimas. Bajó la cabeza y se disculpó con un gesto de su mano. Eran varios los presentes que negaban con la cabeza como si rechazaran la escena que apenas acertaban a imaginar. Otros, entre los que se encontraban Lucía García y Esteban Torres, profesor de mi departamento, permanecían como fosilizados muy cerca del radiador que recorría la sala de un extremo a otro.

Cuando la conversación decaía podía oírse circular el agua caliente.

Uno de los profesores veteranos, incapaz de controlar la angustia, había encendido un pitillo en un rincón. Por una vez nadie se atrevió a afear su conducta. Me senté a su lado. Simpatizábamos. Ambos teníamos una marcada tendencia a llamar a las cosas por su nombre. Era Paco Carpio, profesor de Matemáticas, y tenía a ambos alumnos en sus clases. Me ofreció un cigarrillo sin apenas levantar la vista.

Le temblaban las manos.

Acepté.

PABLO

Mónica, la conserje de la sonrisa indesmayable y el mechón rojo sangre a la altura de la sien, me adelantó acompañada de dos *mossos d'esquadra* uniformados. Comprobaron que las entradas a la sala de actos, a la que también podía accederse desde el patio, permanecían cerradas. Tenían orden de custodiar cada una de las puertas hasta que la Policía Científica hubiera analizado el lugar y el juez hubiera ordenado la retirada de los cadáveres. Todas las llaves del centro colgaban de las alcayatas en el interior de un armario en la conserjería. Nadie se había aproximado a los cuerpos ni alterado la escena del crimen. Al menos eso era lo que cabía suponer.

Algo más complicado resultó determinar qué alumnos habían entrado detrás de mí. Solo conseguí recordar algunos nombres; Dani, Rachid, Houda, Edu, Rocío..., pero no pude asegurar si fueron ocho, nueve o más los chicos que accedieron a la sala y, mal que bien, llegaron a ver los cadáveres. A excepción de Claudia Pellicer, por razones obvias, todos mis alumnos de Historia del Arte fueron conducidos a la biblioteca por un agente alto y corpulento. El mismo *mosso* que me invitó a seguirlo y me pidió que esperara junto a ellos a que vinieran a tomarme declaración.

—Profe, era Tommy, ¿verdad? Yo lo he visto, pero no he...

—Y ¿por qué los colgaron del perchero? —preguntó Edu—. Y por las piernas. Eso solo lo hace un psicópata. No tiene ningún sentido.

Tampoco yo se lo encontraba. Me limité a encogerme de hombros con la penosa sensación de que llevaba horas repitiendo el gesto.

—Qué putada. Y qué asco, profe..., estaban..., estaban en bolas..., estaban desnudos la Claudia y el Tommy. Que hijo de puta el que lo haya hecho. Estaban...

Me abstuve de precisar que seguían desnudos colgando de un perchero clavado en la pared a la altura de mi hombro esperando la llegada del juez. La desnudez, comparada con la muerte, no dejaba de ser una mera anécdota.

—¡Y qué miedo! Pablo, ¿quién los ha matado? —se aventuró a preguntar otra de las chicas.

Muchos alumnos suelen creer que sus profesores deben de saberlo todo. Siempre. Algunos llegan a plantear cuestiones verdaderamente inverosímiles. La angustiada adolescente, de gafas redondas y grandes como pelotas de tenis, parecía convencida de mis superpoderes. Lamenté defraudarla, pero no pude evitar responder con acritud.

—Y yo qué sé, Michelle, ¿quién te has creído que soy? ¿Cómo demonios voy a saberlo?

—Pero ¿por qué los han matado? —insistió entre sollozos.

A esa absurda creencia de que un docente debe de saberlo todo se une la total incapacidad para escuchar la mayor parte de las respuestas que uno acierta a verbalizar. Visto con cierta perspectiva, el asunto de la comunicación no deja de parecerme un disparate.

—Pobre Claudia. No me lo puedo creer. Ayer hablé con ella del examen. Me preguntó…

Y Michelle no pudo seguir, el llanto le impidió terminar la frase. Me hubiera gustado saber qué era lo que Claudia quería preguntar a la que aseguraba ser su mejor amiga.

No hubo ocasión.

Dos policías vestidos de civil se acercaron a mí. Uno de ellos, un hombre alto que rondaba la cincuentena, me tendió la mano. La nariz ligeramente aguileña y los ojos casi entornados por el sol que asomaba ya por los ventanales de la biblioteca acentuaban su gesto grave.

—Soy el subinspector Escalona y este es mi ayudante, Guerao. Nos han dicho que usted fue la primera persona que vio los cadáveres.

—Sí, pero no fue exactamente así. Algunos de mis alumnos los vieron antes que yo. Unos segundos.

—Estos son los chicos que estaban con usted.

—Sí.

—¿De qué curso son? Es decir, ¿qué edad tienen?

—Son de segundo de Bachillerato. 17 años la mayoría; alguno ha cumplido ya los 18.

Y elevando la voz:

—Escuchadme un momento. Ahora vamos a preguntaros a todos qué es lo que visteis y qué hicisteis. Tratad de ser lo más exactos y sinceros que podáis. También necesitamos saber algunas cosas sobre vuestros compañeros. Y, aunque eso va a ser difícil, os pido que no vayáis repitiendo fuera lo que digáis aquí. Es posible que aparezca la prensa, que se os acerquen los periodistas de la radio y de la televisión. Querrán hablar con vosotros y os pondrán micrófonos; os dirán que, como sois menores, no aparecerán vuestros nombres.

Dani y Rocío levantaron tímidamente la mano. Eran repetidores y ambos deseaban señalar que habían cumplido ya los 18 años. Escalona no lo advirtió. Con un gesto leve les indiqué que no era el momento.

—Ignoradlo todo; no habléis con ellos. ¿De acuerdo? Por el bien de la investigación. Sentiréis la tentación de hablar, pero os lo pido por favor, no lo hagáis. Si queremos saber qué les ha ocurrido a vuestros compañeros necesitamos vuestra discreción. ¿Entendido?

Michelle había dejado de sollozar. Algunos de los chicos ni tan siquiera pestañeaban. Todos asintieron. Creo que yo también.

No pude evitarlo. Resultaba tranquilizador que alguien que parecía saber lo que hacía asumiera el mando de la situación

—Y ahora acompañad a estos agentes y contestad a sus preguntas.

Dirigiéndose a mí y señalando una silla:

—Señor Bonell. Por favor.

—Usted dirá, inspector.

—Subinspector Escalona, solo soy subinspector. Usted es profesor aquí...

Asentí mientras intentaba memorizar el cargo que desempeñaba el policía. El silencio se alargó unos segundos, el tiempo que tardó el subinspector Escalona en calzarse sobre la nariz las gafas de lectura y en abrir una libretita de espiral que llevaba en el bolsillo. Hecho lo cual me miró y prosiguió:

—¿Desde cuándo?

—Este es… el quinto año.

—Debe de conocer bien el centro. Dígame, ¿todos los profesores tienen acceso a la sala de actos?

—Sí, de hecho, sí. La usamos para algunas charlas y para alguna clase en especial; yo la suelo reservar cuando tengo examen de Historia del Arte, como hoy. Así puedo proyectar las imágenes; la calidad de ese proyector…

—¿Tiene usted las dos llaves? He visto que hay dos entradas. Una a través del patio con una verja metálica y otra, la puerta de acceso desde el interior del centro, que es la que usted ha utilizado.

—Sí, dos puertas, pero los profesores solo podemos abrir la interior, la que he utilizado. Hay dos juegos colgados de un armarito que hay en Conserjería, donde están las llaves de todas las aulas. Aunque el conserje lleva otro juego encima. Nosotros pedimos una llave y nos la dan cuando usamos la sala; al acabar la clase la devolvemos. La cogí yo mismo, el conserje estaba haciendo fotocopias. No tenemos acceso a la llave de la puerta exterior, solo se abre en contadas ocasiones, alguna fiesta, una conferencia, el acto de fin de curso… Creo que solo deben tenerla los conserjes y el equipo directivo, pero no puedo asegurarlo.

—Cuando usted se la llevó, ¿recuerda si el otro juego estaba en el armario?

Asentí. Lo recordaba.

—Tal y cómo usted lo explica, cualquiera ha podido sacar fácilmente una copia de la llave —dijo poniendo voz a sus pensamientos mientras tamborileaba con los dedos sobre la mesa. Parecía impaciente—. Dígame, Bonell, ¿qué es lo que ha pasado exactamente esta mañana? Trate de ser lo más exacto posible.

—Pues bien, un par de minutos antes de las ocho... —y pasé a referir lo sucedido con cierto atropello mientras el subinspector tomaba algunas notas, muy pocas, y Guerao grababa mis palabras. Me vi obligado a corregir la secuencia de mis actos en un par de ocasiones. El subinspector inclinó la cabeza aproximándola a su hombro derecho y frunció los labios. Me hubiera gustado responder de forma algo más clara y ordenada. Sin duda lo conseguiría cuando lograra serenarme.

—¿Tardó mucho en llegar la directora?

La pregunta del inspector me ayudó a salir de mi momentáneo desconcierto.

—No, apenas un minuto, quizás algo más, no lo sé exactamente, pero llegó enseguida.

—Y en ese lapso de tiempo, ¿qué hizo usted? ¿Se quedó dentro o fuera de la sala?

—No volví a entrar. Me quedé en el pasillo con los alumnos. Había reconocido a la chica, era alumna mía, una de las que debía presentarse al examen. Poco después apareció Adriana. Me preguntó o me dijo algo, no sé, no me acuerdo bien. Volví a abrir y nos sentamos un momento en la sala.

—Prosiga.

—Vimos que estaban muertos, que debían llevar muertos unas horas. Ya le he dicho que al chico no lo reconocí, su cara estaba oculta, apoyada en el suelo. Aquella posición no permitía saber..., en fin, eso ya lo habrá visto usted.

—¿No tocaron nada?

—No, nada. Nos fuimos. Adriana dijo que iba a llamarles a ustedes. Yo la seguí.

—¿Conocía al chico? ¿Quién era?

—Tommy Paguay. Un alumno de primero de Bachillerato. Repetidor. Creo que debería tener 17 años.

—¿Lo conocía bien? ¿Cómo era?

—Sí, bastante. De hecho, fui su tutor el año pasado. Estaba en mi clase de Historia Contemporánea. Un chaval espabilado, pero poco trabajador. De familia boliviana. Su madre está separada y trabaja limpiando pisos.

Pensé en la pobre mujer a la que ya debían haber avisado. Recordé sus ojos negros e inquietos, el pintalabios de un rojo intenso que siempre alcanzaba también uno de sus incisivos y sus manos pequeñas aferradas una a la otra sobre la mesa. También recordé la esmerada cortesía con la que acostumbraba a dirigirse a mí en cada una de las ocasiones en las que nos habíamos entrevistado para hablar de Tommy.

—Tommy tiene, bueno, tenía una hermana pequeña que cursa segundo de ESO. No les sobraba el dinero, pero al chico no parecía afectarle, o al menos no lo manifestaba. Hacía su vida y trataba de pasárselo lo mejor posible. Como la mayoría de chicos. Claro que quería sacarse el Bachillerato, eso creo, pero no se obsesionaba; suspendió el año pasado porque apenas se esforzó. Prefería jugar a fútbol, pensaba llegar a ser una figura.

—¿Nada raro en él?

—Nada que no hagan otros chicos: le gustaba el fútbol, la música y las chicas, no era nada original. Era un tipo guapo, atrevido, algo descarado.

—¿La chica, Claudia Pellicer, era su novia? ¿Andaban juntos?

—Pues... no sabría decirle. Los había visto juntos algunas veces, pero eso tampoco quiere decir mucho. Los jóvenes se cogen de la mano y se besan y se abrazan sin que eso signifique necesariamente que sean pareja. Quizás, sí, pero no puedo asegurarlo.

El subinspector asintió como si comprendiera sin dificultad a qué me refería.

—¿Qué más nos puede decir de ella?

—Era una chica lista, risueña, muy guapa. No parecía

tener problemas ni en casa ni aquí. Estaba estudiando mucho, necesitaba obtener buena nota, no recuerdo qué era lo que quería hacer, pero necesitaba nota. Eso sí. Era ambiciosa y todo parecía interesarle. Todo.

Escalona apuntó algo y de nuevo me miró como si calculara cómo convenía proseguir. Aproveché su silencio:

—¿Me permite una pregunta?

—Claro.

—¿Sabe usted ya cómo murieron? Usted los habrá visto con calma y tal vez el médico haya avanzado algo. Es tan extraño todo, tan insólito.

—Hasta que el forense no haga la autopsia no sabremos la causa exacta. Pero piense que la jueza probablemente decretará el secreto del sumario. En ese caso, y si tenemos suerte, no saldrá a la luz.

Carraspeó y se puso en pie.

—Por el momento hemos acabado. Puede usted marcharse, pero tendrá que pasar por comisaría para firmar su declaración.

Me acompañó a la salida y de nuevo encajamos las manos. Tenía la mano áspera y fría. A pocos pasos, en la puerta de la sala de profesores, Empar sostenía un vasito de café y un cigarrillo encendido. Nos observaba.

—Tú no fumas —observé.

—Hoy, sí. Circunstancias extraordinarias.

—¿Y si aplazamos la reunión? Si quieres comemos juntos, pero la novela puede esperar, no tenemos plazo de entrega y no me veo planificando un asesinato. Por hoy ya he tenido bastantes muertos.

—Desde luego —respondió Empar apurando el café y aplastando el cigarrillo consumido contra la papelera.

Tardé unos minutos en localizar mi casco y abandonar el centro en compañía de Empar. Lo había olvidado en conserjería bajo el armarito de las llaves.

CAPÍTULO 2

EMPAR

Durante el larguísimo puente de la Constitución no tuvimos noticias sobre el curso de la investigación policial ni referencia alguna al menor avance. Fueron muchas las elucubraciones y más todavía los rumores aventados desde las redes sociales y los medios de comunicación. Sospechas sin el menor fundamento que, a falta de datos más fiables, habían sido elevadas a hipótesis de trabajo policial y detalles sin la menor relevancia que habían adquirido la etiqueta de indicios, incluso de pistas. De bien poco habían servido las advertencias del subinspector respecto a la necesidad de guardar silencio. Padres, alumnos, también algún vecino sin relación conocida con el centro escolar habían accedido a hablar ante un micrófono. Incluso algún profesor se prestó a hablar para una cadena infecta. Una verdadera locura que no ayudaba en nada a desentrañar lo ocurrido.

Aunque yo no fui requerida nuevamente por el subinspector, hiciera lo que hiciera me resultaba muy difícil dejar de pensar en los dos chicos cruelmente asesinados. Hubiera dado cualquier cosa por conocer el resultado de la autopsia y poder echar una ojeada al informe de la

Policía Científica. Todas mis elucubraciones se desvanecieron cuando el domingo a media tarde recibí mediante *whatsapps* la imagen de Claudia y de Tommy colgando desnudos en la sala de actos. Una macabra puesta en escena. A punto estuve de dejar caer el aparato cuando reconocí el cadáver extraordinariamente pálido de Claudia Pellicer sujetado al perchero por el tobillo mientras su pierna libre se separaba de la pared y caía hacia atrás.

Casi dolía verla.

No advertí sangre ni herida alguna en sus cuerpos.

Hubiera querido reconocer el rostro de aquel chico que permanecía aplastado contra el suelo, invisible, y con el que debía haberme cruzado muy a menudo en algún pasillo. No conseguía recordar a Tommy Paguay y me pesaba su anonimato.

En la fotografía la luz de la sala estaba encendida; las sillas de las filas delanteras, vacías, y la cortina roja que las separaba del escenario, subida casi por completo. Era una imagen de mala calidad, con toda probabilidad se trataba de una captura realizada a escondidas por alguno de los chicos que entraron con Pablo en la sala de actos a primera hora de la mañana. Los dos cadáveres atrapados a toda prisa en un plano lejano, mal encuadrado, pero no por ello menos terrorífico.

Edu Batlle, el alumno al que yo guiaba en su trabajo de investigación, acababa de remitírmela: «Acabo de recibirlo. Míratelo».

Resultaba espantosa por sí misma. Pavorosa. El horror junto a una tarima. La sola contemplación de los cuerpos inertes bastaba para que un peso se instalara a la altura de mi estómago y una fuerza imprecisa oprimiera mis costillas y dificultara mi respiración. Si yo la había recibido, era más que probable que viajara de un móvil a otro y que no tardara en filtrarse a la prensa.

«¿De dónde ha salido?». Quise saber. No obtuve respuesta.

Acordamos, también vía mensaje instantáneo, vernos en el Departamento de Ciencias Sociales minutos antes de que empezaran las clases. No le adelanté nada. Los lunes solo Pablo y yo entrábamos a primera hora y no nos sería difícil poder hablar en privado. Apenas conseguí dormir un par de horas aquella noche. Me desperté con la inquietante sensación de haber pasado el tiempo intentando emerger de una pesadilla que no conseguí recordar.

Llegué cuando faltaban casi veinte minutos para el inicio de las clases. En el aparcamiento, la moto de Pablo me indicó que me esperaba. Me apresuré. Los alumnos que aguardaban ante la puerta cerrada del centro lo hacían en silencio, solo un par de ellos cuchicheaban mientras contemplaban la pantalla del móvil. Un escalofrío me recorrió la espalda. Pensé en la atroz imagen que quizás estaba ya en todas sus pantallas. En la esquina, un vehículo de la Policía y una unidad móvil servían de triste e inevitable recordatorio.

Cosme, absorto en la contemplación de un amanecer indolente, no me saludó al paso con la cifra de los días que le faltaban para alcanzar la jubilación. «45», pensé. Había conseguido que todos lleváramos la cuenta. También él parecía guardar un silencio reverencial mientras Mónica atravesaba el pasillo helado abriendo con un chasquido las puertas de las aulas. La conserje había sujetado su mechón rojo con un prendedor y no se había despojado del abrigo. Probablemente no lo haría hasta media mañana cuando, tras varios días desierto, el edificio entero se hubiera caldeado y el zumbar de la calefacción se enredara con el sonoro parpadeo de los fluorescentes.

En el Departamento de Ciencias Sociales, Pablo se había sentado muy cerca del radiador. Tenía sobre la mesa un ejemplar de un diario de gran tirada. Uno de los titulares de la primera página hacía referencia a «los asesinatos del pasaje del terror» y el periodista lo había ilustrado con los primeros planos de los dos alumnos. La etiqueta había hecho fortuna dado que una de las calles a las que se abría el centro en su parte trasera era un pasaje y que en los últimos años Halloween se celebraba organizando una actividad muy popular que recibía ese nombre: el pasaje del terror. Los asesinatos de la calle Morgue, los de Limehouse, los del seminario, los del pantano, los del conservatorio o los de la residencia geriátrica... Las etiquetas aportan consistencia a los crímenes, los novelistas lo sabemos mejor que nadie. Un buen apelativo dota al suceso de una pátina de horror real. Tuve que reconocer que en ese sentido el «pasaje del terror» no estaba nada mal.

En las fotografías, procedentes con toda probabilidad de los respectivos muros de Facebook, Claudia y Tommy sonreían. Identifiqué al chico al que no recordaba y con el que me había cruzado muchas veces, recordé sus cejas espesas, sus dientes grandes y muy blancos y su sonrisa irresistible.

Pablo había fijado la vista en una esfera terrestre que acumulaba polvo en una estantería. Resoplaba. Tras cinco días de fiesta, el reducido espacio abarrotado de libros de texto, ejercicios corregidos y por corregir, atlas, mapas murales y un sinfín de cachivaches, parecía una cámara frigorífica. No me desprendí del abrigo ni del pañuelo que acostumbraba a anudarme al cuello casi a diario desde los primeros días del otoño.

Me acerqué y me senté frente a él. Separó la vista de la «bola del mundo» y pude comprobar que mi amigo, mi cómplice, parecía no haber pegado ojo en unos días. Oscuras ojeras en sus párpados inferiores y la esclerótica enrojecida en torno a las azules pupilas señalaban la falta de descanso. Su entrecejo levemente fruncido era señal inequívoca de abatimiento y la cabeza entre sus manos despejaba las últimas dudas respecto a su abismado estado de ánimo.

—¿Qué pasa? ¿Qué tienes que enseñarme?

Había impaciencia en su voz habitualmente pausada.

Busqué en el móvil la aterradora imagen que no me abandonaba desde la tarde anterior. Al verla negó con la cabeza mientras su mirada permanecía prendida en la piel de los chicos muertos.

—No es posible. Los hice salir, los... Hasta los empujé. Es lo primero que pensé, que tenían que salir de allí. Lo tuve claro, no podían... —Bajó la cabeza y se llevó las manos a las sienes—. Juraría que no hubo tiempo para... ¡Joder! —remató airado.

—Lo intentaste —dije a modo de imposible consuelo.

—No sé si habrá llegado ya a la Policía. Seguro que sí. Yo lo que le dije a Escalona es que salieron inmediatamente, he firmado una declaración.

Me encogí de hombros.

—Puedo hablar con Edu.

—Lo haré yo. Hablaré con él. Quizás pueda decirme quién la hizo. No quiero ni pensar... Si te la han enviado a ti es posible que...

No terminó la frase. No era necesario. También yo imaginaba la fotografía circulando por todas partes, mostrada a todo color y todo morbo en la televisión o reproducida miles de veces en la prensa o en las redes sociales.

—¿Sabes lo del tatuaje?

Asentí.

—¿Por qué un chico como él se tatuaría «666»?

Me encogí de hombros. Llevaba horas haciéndome la misma pregunta. Alguno de los compañeros de Tommy había explicado cómo era el tatuaje que el adolescente lucía en su escote y el dato no había tardado en filtrarse. «666». El número de la bestia. Algunas especulaciones al respecto habían aparecido, otras probablemente se gestaban ya en las redacciones esperando el mejor momento. Rituales infernales, prácticas diabólicas, sacrificios... Era de esperar cualquier cosa, y nada bueno. Era cuestión de horas que el chico no pasase a ser un acólito de Satán, un alumno aventajado de Lucifer, un usurpador de almas.

Yo había visto calaveras, dientes ensangrentados, hachas, flechas envenenadas, hojas de navaja e incluso una línea de puntos en una muñeca bajo el epígrafe: cortar por aquí. Ninguno de los alumnos que había conocido y que lucía tatuajes de carácter sanguinario era un asesino, ni un suicida ni formaba parte de secta alguna.

Sonó en el instituto entero el timbre que alertaba del inicio de las clases y lo hizo con el estrépito carcelario al que no conseguía acostumbrarme. Me estremecí. Juraría que Pablo también. Ambos nos pusimos en pie, cogimos nuestras cosas y salimos. Un automatismo.

En el vestíbulo de la segunda planta el silencio resultaba estremecedor. Los gritos que a diario sobrevolaban las cabezas habían sido suplantados por susurros. Para no elevar la voz se aproximaban unos a otros y cuchicheaban como si cuanto dijeran tuviera carácter secreto. No había empujones ni agravios. Casi podía oírse el roce de las suelas sobre las baldosas heladas. Nos miramos antes de encaminarnos a nuestras aulas.

El silencio en los pasillos no presagiaba nada bueno.

PABLO

—Acompáñame, Edu. Solo será un momento.

—No. No puedo, tengo clase de latín y…

El chico se encogió ante mis ojos.

—No es una pregunta, Edu. Ya hablaré yo con Marga, por eso no te preocupes.

—Pero…

Hice entrar a Edu en el Departamento de Sociales y le invité a sentarse. Intentó resistirse, pero acabó por apartar la silla, dejar caer al suelo la mochila con gesto de hastío y tomar asiento con un suspiro que sonó a resoplido de protesta. Sé, como lo sabe cualquiera a estas alturas, que hay detalles que impresionan y que una conversación al paso en mitad de un pasillo no puede compararse con un interrogatorio cara a cara con un interlocutor que te mira a los ojos y atraviesa tu bóveda craneal.

—Es por la foto que le enviaste a Empar. ¿Quién te la pasó?

—No sé, ya sabes que esto de los *whatsapps* es rápido, no sé, no recuerdo. Circulaba.

—No me vengas con hostias. ¿Quién? —le apremié adelantando el torso y aproximándome unos centímetros. Edu retrocedió en la silla sin pretenderlo. Se tensó y frunció los labios.

Los selló justo antes de que mi insistencia, y un notable esfuerzo por no pestañear, consiguiera liberarlos. La verdad es que no fue difícil.

—¿Quién?

—Dani, Dani Armesto, pero la foto no es suya. Se lo pregunté. Dice que también se la enviaron. No sé nada más. No sé quién la hizo. Solo pensé que era mejor que Empar lo supiera. No sé ni por qué lo hice.

—¿Cuándo la recibiste?

—El sábado.

—A estas alturas la debe tener medio instituto —aventuré.

—Es posible. Pensé que era mejor que Empar supiera…

—Y te lo agradezco, Edu. Hiciste bien. No te preocupes.

Antes de levantarse para salir, me rogó que la conversación quedara entre nosotros. Le aseguré que así sería. Me quedé a solas unos instantes y caí en la cuenta de que si decidía hablar con Escalona me vería obligado a desvelar su nombre y el de Dani Armesto. Acababa de mentirle.

Cuando entré en la clase de 4º C todo eran rumores, no había alumno que no cuchicheara. Dejé los libros sobre la mesa y, justo antes de pedir silencio, me asaltó de nuevo la posibilidad de que la imagen estuviera ya en poder de la Policía y, lo que era mucho peor, en manos de los medios de comunicación. Y si no lo estaba, no tardarían en recibirla.

Intenté concentrarme y explicar el asesinato del archiduque austríaco Francisco Fernando y de su esposa a manos de Gavrilo Princip que originó el estallido de la Primera Guerra Mundial. No era el mejor momento y lo conseguí solo a medias.

Y como prefiero encarar los malos tragos lo antes posible, decidí, sin meditarlo dos veces, que hablaría yo mismo con el subinspector y que lo haría cuanto antes. Intentaría no dar nombres, en definitiva, conocer el autor de la fotografía no era tan importante.

EMPAR

Jordi Grau entró sin anunciarse, interrumpió la clase mientras me explayaba sobre los inconvenientes del régimen pluvial torrencial propio del clima mediterráneo y acompañaba mis palabras con elocuentes imágenes de ramblas convertidas en ríos caudalosos y de impresionantes inundaciones de calles, casas y comercios. En la segunda fila una silla vacía, la de Claudia Pellicer.

Me indicó que lo acompañara. A mi espalda se alzaron los comentarios de júbilo de los alumnos de Bachillerato que celebraban el final inesperado, y por ello mucho más grato, de la clase de Geografía. Una estela de susurros me acompañó mientras recogía mis cosas y abandonaba el aula.

En el pasillo esperaba una agente de Policía. El jefe de estudios me indicó que debía acompañarla.

—El subinspector quiere hablar contigo.

La joven caminaba rápido y sin titubeos, como si llevara años moviéndose entre las plantas del edificio académico. Al andar, la cola de caballo le acariciaba el arranque del cuello. Me precedió hasta alcanzar la biblioteca, quizás la pieza más fría de todo el edificio.

Me estremecí al entrar. El subinspector Escalona parecía no experimentar frío. Ojeaba un dossier en mangas de camisa cuando levantó la cabeza y me indicó una silla frente a él. El pelo algo más largo de lo acostumbrado en un hombre de su edad y una nariz en pendiente escabrosa conferían singularidad a su rostro. No se molestó en sonreír a mi llegada. Tampoco yo.

—¿Qué hizo el lunes por la tarde?

—¿Soy sospechosa? —inquirí.

—No, claro que no. Es pura rutina, ya sabe. Preguntas que estoy obligado a hacer. Pero tengo entendido que usted y Pablo Bonell se dedican a publicar novelas de género negro.

—Como imagino que comprenderá, entre la realidad y la ficción hay un abismo —observé con un asomo de acritud. No pensaba dejarme intimidar.

—Desde luego, pero es mucha casualidad que precisamente Bonell descubra los cadáveres. Como policía acostumbro a desconfiar de casi todo. Es mi trabajo. Me pagan por desconfiar. Usted debería saberlo mejor que nadie.

Entorné los ojos levemente como si apuntara con un fusil a mi enemigo y estuviera dispuesta a dispararle entre los ojos. Acostumbro a hacerlo cuando recelo de alguien o cuando siento irrumpir el sarcasmo. Ni pude ni quise evitarlo.

—¿Pretende...?

—No pretendo nada. No se sulfure. Solo le he hecho una pregunta.

—El lunes por la tarde fui al aeropuerto a recoger a un amigo. Cenamos en un restaurante, puede usted preguntar —contesté resabiada e intentando no temblar de frío. No lo conseguí.

—Gracias, espero que no sea necesario.

—¿Alguna cosa más?

—La verdad es que sí.

Y en su rostro pude advertir que se disponía a hablar del verdadero motivo de aquella charla poco amistosa. Relajé el gesto.

—Quería pedirle una cosa. No es un favor, tampoco es una orden, yo no puedo imponerle nada.

—Usted dirá.

—No sé qué intención tienen, pero por el momento les rogaría que no escriban ustedes sobre este asunto. Es cuestión de sentido común. Podemos tardar meses en localizar al asesino y no sería la primera vez que un... —buscaba la palabra adecuada, la menos ofensiva.

Le ayudé.

—¿Un novelista?

Asintió. Era evidente que el subinspector consideraba que novelistas, periodistas y voceros cabían en un mismo saco. Quizás no andaba desencaminado. Me vinieron a la mente las palabras del cubano Amir Valle, que en una entrevista había afirmado que «los escritores nos alimentamos de la carroña». En su momento pensé que no le faltaba razón. Sonreí probablemente con cierto desdén.

—No se preocupe. No vamos a interferir. No hemos pensado escribir nada.

—Gracias, es un caso difícil y delicado. Intentamos hacerlo lo mejor que podemos, pero un doble asesinato requiere discreción. Hay cosas que no deben hacerse públicas. Por el bien de la investigación, es la Policía la que debe decidir cómo y cuándo informar.

Asentí como si estuviera completamente de acuerdo con él. No desvelé el hecho de que en mi móvil conservaba una fotografía de ambos cadáveres. Un robado, en palabras de un paparazi. No sé por qué no hablé de ella. Quizás porque no colaborar voluntariamente con la Policía forma parte de mi código genético.

Abandoné la biblioteca con la libreta en la que conservaba todas mis notas en el bolsillo trasero del pantalón. No habíamos hablado de publicar nada. Por el momento.

En la puerta de su despacho Adriana recibía a los padres de Claudia Pellicer. Habían llegado con antelación para participar en la ceremonia en recuerdo de los alumnos fallecidos y en repulsa por su asesinato. La madre, del brazo de su marido, recordaba extraordinariamente a su hija y parecía a punto de desplomarse. Adriana, con el gesto grave, les invitaba a pasar a su despacho. Había sustituido el calzado cómodo por unos zapatos de medio tacón, se había maquillado discretamente y juraría que había pasado por la peluquería. Por nada del mundo hubiera querido estar en su piel. Consolar al inconsolable no es tarea fácil ni grata. Yo no sabría cómo empezar.

Me dirigí a la sala de profesores, necesitaba un café para entrar en calor. No tardaría en sonar el timbre que señalaba la pausa de media mañana. En el banco situado junto al despacho de dirección advertí la presencia de un chico chino. A su lado, una mujer, probablemente su madre, y junto a ellos un hombre que por edad no parecía ni su padre ni su hermano mayor. Tal vez un tío o un miembro de la comunidad china del barrio que haría de traductor. Recordé entonces que hacía apenas diez días se nos había informado de que iban a llegar al centro un par de chicos nuevos. Una chica pakistaní que ya se había incorporado a mi grupo de tercero de ESO y un chico chino que por edad habían decidido que cursara cuarto.

Grau nos había anunciado que desde la administración nos habían asignado a Akasha Iqbal y a Yu Hanchao, dos alumnos recién llegados que no hablaban ni entendían ni catalán ni castellano.

«Pensemos que es una nueva oportunidad para tratar la diversidad en el aula, acoger las diferencias culturales y promover la inclusión social diseñando entornos de aprendizaje flexibles que favorezcan un itinerario personalizado». Con estas palabras y sin sonrojarse. Paco Carpio se había echado a reír y el jefe de estudios aparentó no haberlo oído.

Deduje que el chico que no se atrevía a levantar la vista de la puntera de sus deportivas era Yu Hanchao.

No envidiaba su suerte.

PABLO

Las clases se interrumpieron a las doce y los profesores acompañaron a sus alumnos al patio tras recomendarles que no olvidaran los abrigos. El instituto entero iba a participar en un acto de recuerdo. Estaban previstas las intervenciones de Adriana, de la alcaldesa de la ciudad y de la *consellera d'Ensenyament.* Para acabar, una compañera de los fallecidos despediría el acto con la lectura de un poema.

Además de alumnos y profesores, pude ver a algunos padres, a los conserjes, a las empleadas de la limpieza, al personal de la secretaría, a Bernat, el de mantenimiento, al amable reponedor de las máquinas del autoservicio e incluso a Jesús, el jefe de los operarios que llevaban tres semanas rehabilitando la fachada.

Los parlamentos tendrían lugar desde una tarima instalada por la brigada municipal junto a uno de los muros, con ayuda de un equipo de megafonía que el responsable de audiovisuales intentaba ajustar entre estridencias. Un lugar resguardado del viento, pero al que el sol no llegaba nunca. En las proximidades, el equipo directivo arropaba a los padres de Claudia Pellicer y a la madre de Tommy Paguay a la espera de que diera inicio el acto. No había proximidad entre ellos, como si no existiera relación alguna entre las respectivas tragedias. Ni la más leve señal de acercamiento.

La madre de Tommy, silenciosa y con el rostro arrasado por las lágrimas, temblaba mientras sujetaba la mano de su hija Lissette, que parecía afligida e incómoda. En el semblante del padre de Claudia el dolor se mezclaba con el recelo. La madre de la chica ocultaba su rostro descompuesto tras las manos abiertas.

Tanto los profesores como los alumnos intentamos conseguir un lugar al sol y nos apiñamos en la pista deportiva. Sorprendentemente los adolescentes que a diario colmaban de gritos las aulas no alzaban la voz. Por una vez no nos vimos obligados a exigir silencio. Empar parecía conversar con Esteban Torres, un profesor de Sociales algo arisco y siempre malhumorado. Hubiera dado algo por saber de qué hablaban.

A pocos pasos pude distinguir a un puñado de periodistas y de fotógrafos. Me alejé de inmediato en dirección al centro de la pista. No sería extraño que alguno de ellos intentara conseguir la imagen del profesor que encontró a los chicos muertos. Todos tenemos nuestra vanidad, pero la mía no llega a tanto. Hubiera preferido no dejarme ver, pero no podía ni quería ausentarme; ambos habían sido mis alumnos y lamentaba profundamente su muerte violenta. Busqué acomodo y anonimato entre la multitud.

Un par de guardias paseaban con las manos a la altura de los riñones y velaba por la seguridad. En un rincón, en la zona más umbría, aparentemente inmune a la baja temperatura, Escalona observaba los preparativos de la ceremonia. A su lado, una agente de ojos claros y cola de caballo se movía constantemente. Parecía muerta de frío. Recordé que el famoso comisario Maigret, creado por Georges Simenon, tenía por costumbre no perderse ningún funeral. Afirmaba que era un momento inmejorable para detectar algunas cosas que pasan generalmente desapercibidas. Quizás estuviera en lo cierto.

La llegada de las autoridades flanqueadas por sus séquitos respectivos movilizó a la prensa. Se había pedido a los fotógrafos que no tomaran imágenes de los menores, pero nada podía impedir que fotografiaran a los padres desconsolados, a la directora o a las autoridades asistentes mientras retiraban una oportuna lágrima. Por otra parte, con ayuda de los *smartphones*, todo el mundo se cree un reportero. Ninguno de ellos, ni profesionales de la comunicación ni devotos aficionados, abandonó el lugar sin haber capturado la imagen de la puerta de la sala de actos que se abría al patio.

EMPAR

Esteban Torres se acercó a mí y, para mi sorpresa, me dirigió la palabra por iniciativa propia. Apenas podía creérmelo. Mi compañero de departamento no era una persona comunicativa. Tampoco parecía preocuparle su aspecto, que resultaba francamente mejorable. Enormes entradas, gafas que habían pasado de moda cuando las compró en la década de los 90, ojos casi permanentemente fruncidos del que debería corregir la graduación de sus lentes, muchos kilos de sobrepeso y un rostro siempre perlado por el sudor. Por no hablar del gesto de queja perpetuamente encaramado a sus labios. Uno de aquellos hombres resentidos *ad aeternum* con la vida porque no ha visto cumplidos sus sueños.

Esteban detesta la docencia y no se esconde. De hecho, lo proclama a la mínima ocasión, aborrece a los alumnos y menosprecia a sus compañeros. Su mayor deseo ha sido siempre dirigir un museo, pero la vida, y probablemente una clamorosa falta de aptitudes de todo tipo, lo degradaron y, a su entender, le jugaron una mala pasada. Cuando lo conocí, unos meses atrás, había decidido guardar rencor a la humanidad hasta el día de su muerte y convertirse en firme defensor de las más absurdas teorías «conspiranoicas». Una joya.

Como era habitual me habló en el tono quejumbroso que acompaña todos sus parlamentos dentro y fuera del aula.

—Mañana tengo un examen y se niegan a entrar en la sala de actos. Es increíble. Son todos unos mantas, unos inútiles y unos impresentables. Yo no sé ni por qué vienen. En su casa estarían mucho mejor.

Pensé que el que estaría mucho mejor en su casa era mi colega y, con toda la corrección que pude reunir, alegué:

—Serán los primeros días. Después ya verás como…

—Ya, tú también eres de las que encuentra disculpas para todo. Si son unos indecentes, si son…, alguien tiene que decirlo —me interrumpió agriamente.

—¿Prefieres el paredón?

Me giré y le di la espalda sin esperar su respuesta como si súbitamente me interesara lo que pasaba sobre la tarima a la que Adriana acababa de subir para dar comienzo al acto. Había conocido una larga lista de profesores como él.

En una esquina advertí la presencia del subinspector Escalona que miraba en mi dirección. A punto estuve de levantar la mano y saludar. A pesar de su talante brusco y de su habitual falta de cortesía, el subinspector me resultaba simpático. Algo en su mirada me invitaba a pensar que era un hombre sagaz, de los que hacen bien su trabajo y, a diferencia de Esteban, aman y respetan lo que hacen.

PABLO

Adriana inició su parlamento hablando de Claudia, una alumna que se había matriculado durante el curso anterior para iniciar el Bachillerato, y de Tommy, que había cursado en el centro toda la secundaria. El silencio era absoluto. Casi insólito. No recordaba haber presenciado nunca una multitud como aquella reunida en ausencia total de ruido.

Me giré y comprobé que las obras de reparación de la fachada, que llevaban un par de semanas en marcha, se habían interrumpido. Solo Jesús, el jefe de la cuadrilla de peones, asistía a la ceremonia. No se había desprendido de la gorra. Tenía la mirada baja y los brazos unidos a la altura de las lumbares, como si esperara la orden para romper filas.

La directora elogió la corrección y la alegría de Claudia y las ganas de vivir y la simpatía de Tommy, al que Adriana había dado clases personalmente. Hubo unos tímidos aplausos que se extinguieron de inmediato. Y justo cuando volvía a pronunciar el nombre de la chica para manifestar su dolor y el rechazo unánime de todos los miembros del centro, recordé algo que había ocurrido a mediados de septiembre con el curso recién iniciado.

Como en todos los centros en los que he trabajado, que no han sido pocos, en invierno pasillos y vestíbulos son lugares muy fríos en los que la gente no se detiene si no es estrictamente necesario. Por el contrario, en verano, las aulas, casi siempre superpobladas, resultan asfixiantes, un verdadero horno. Una mañana de finales de septiembre, a pesar de las persianas a media asta y la puerta abierta para favorecer la corriente de aire, el calor resultaba sofocante. El verano se resistía a abandonarnos y la temperatura en el aula era insoportable. Era la clase después del patio, muy cerca ya del mediodía, la hora sin sombra, sin cobijo. Mientras pasaba lista en segundo de Bachillerato justo antes de empezar, observé cómo Claudia, sentada en la última fila y acalorada, se levantaba y se desprendía de un tirón de la camiseta de manga corta cuyo mensaje optimista no recuerdo.

Como fondo sonoro, las quejas habituales. Nada extraordinario. Cargados de inocencia cada año reclamaban aire acondicionado en las aulas, cada año la directora aseguraba que no había presupuesto. No mentía.

Al quitarse la camiseta roja con letras blancas y negras, Claudia arrastró involuntariamente el top negro que llevaba debajo y pude ver parte de su tórax, incluido el sujetador, también negro que le atrapaba los pechos. Pensé que nadie se había dado cuenta de que mi mirada se había demorado unos instantes en su torso semidesnudo.

Me equivocaba.

Claudia me vio, advirtió que la miraba y, en contra de lo que cabía esperar, no se apresuró a cubrirse. Sostuvo mi mirada unos segundos sin el menor titubeo, tampoco parecía reprocharme nada. Simplemente me miró más tiempo del que cabía esperar, me sonrió y se sentó. Fui yo el que bajó la vista inmediatamente. Me sentía confundido y algo avergonzado.

No volví a recordar lo sucedido. De hecho, solo había sido una mirada detenida en su piel unos instantes a la que siguió su sonrisa espontánea y su mirada resuelta, casi desafiante. No creí haber hecho nada reprobable.

Apenas conocía a Claudia, pero había podido comprobar que era amable y de sonrisa siempre a flor de labios. Una de esas adolescentes de larga cabellera castaña y ojos vivaces a las que la vida parece sonreír y que al entregar un ejercicio dibujaba un corazón diminuto en lugar del punto o del acento que debía coronar la «i». Todas las íes. Lo hacía sistemáticamente, había integrado el corazoncito en su escritura para desesperación de los profesores de Lengua.

Un par de semanas después, mientras corregía el examen de Claudia correspondiente a la Grecia clásica y al llegar a su comentario sobre la Venus de Milo, pude leer: «¿Así es como te gustaría verme, profe?». Con los correspondientes dos corazoncitos de rigor sobre las íes acentuadas. Recuerdo haberme sofocado y haber interrumpido la corrección durante unos minutos.

No me atrevía a responderme a mí mismo.

Ni a ella, obviamente.

En pocos momentos me estaba planteando si eso me convertía en un Humbert Humbert del siglo XXI y a Claudia en «la luz de mi vida y el fuego de mis entrañas». No hice comentario alguno, pero durante un par de días no pude dejar de darle vueltas a aquella nota junto a la imagen de la Venus. Me obsesionó conocer la verdadera personalidad de Claudia. ¿Había un rastro de provocación en su nota? ¿O no era más que una especie de juego, su forma de recordarme que mi mirada no había pasado desapercibida? No pregunté. Tampoco ella volvió a mencionar el tema. Siguió sonriendo como si nada hubiera pasado y poco después dejó de preocuparme el examen y la perturbadora pregunta de Claudia.

Semanas más tarde era yo el que descubría su cuerpo colgando de un perchero y mucho más desnudo que el de la Venus de Milo.

Recordé las preguntas de Escalona, su insistencia en conocer cómo era Claudia. Había esquivado la cuestión en su momento, apenas la conocía. Creía haberle dicho que la chica obtenía buenos resultados y parecía feliz, despreocupada. ¿Cómo explicarle al policía lo que acababa de recordar?

Adriana acababa su discurso y daba inicio un minuto de silencio. Bajé la mirada y me sumé al mutismo general. Mi pensamiento estaba muy lejos, enredado a mi pesar en la pálida piel de un cadáver adolescente.

EMPAR

—Estos pobres chicos... Quién sabe si podrán olvidar todo esto. No se atreven ni a hablar. Están como petrificados. Pobres. Han crecido de golpe. Yo, desde luego, voy a tardar en volver a ser la misma —observaba Mireia Galicia con la voz rota por las lágrimas.

La profesora de Música no solo tenía por costumbre solidarizarse con todas las causas habidas y por haber, también afirmaba de sí misma que experimentaba sensibilidad extrema y que vivía perpetuamente conmocionada y desconcertada. Esta última faceta de su temperamento era comprobable por su propensión a abandonar el aula al menor percance y a disculpar, minutos después, cualquier conducta del alumnado. No solo las inapropiadas, también las claramente violentas o injuriosas.

—Solo por lo que ese hijo de puta les ha hecho a esos chicos, a sus pobres compañeros, deberían fusilarlo al amanecer. Y no hablo en broma —remató con un suspiro.

Todo en ella resultaba contradictorio.

—Sus compañeros son lo que son, Mireia, unos inútiles que estarían mejor en sus casas, y van a lo que van. Estos olvidan en dos días. Te lo aseguro. Yo lo que reclamaría sería un plus de peligrosidad para el profesorado

—añadió Esteban—. A ver si espabilan los de los sindicatos y hacen algo además de vivir del cuento.

—No digas eso, Esteban, ¿qué va a ser de estos chicos? Míralos. ¡Tanto dolor! No tienen edad de estar tan tristes, es demasiado, son unos críos, es… —Mireia seguía hablando de los compañeros de los fallecidos.

No necesitaba más enemigos de los que ya tenía y opté por no interferir en la conversación. Algunos de los aludidos se propinaban discretos y silenciosos empellones, otros miraban el móvil que mantenían oculto y eran muchos los que, con el rostro grave, escuchaban a la *consellera d'Ensenyament,* que hablaba de la necesidad de erradicar la violencia en las aulas y de acompañar a la familia en el duelo. También eran muchos los que se abrazaban y lloraban en silencio.

Advertí que Pablo no andaba lejos. Me acerqué a él. Tenía la vista baja y parecía escuchar el discurso de la *consellera.* No era así. Estaba completamente segura.

Cavilaba.

La voz entrecortada de Marta Guzmán cerraba el acto en nombre del alumnado. Tenía un timbre claro, conmovedor. Leía un poema de despedida y algunas lágrimas se deslizaban desde su rostro hasta estrellarse en sus manos temblorosas. Claudia y ella se conocían desde que eran unas crías.

Em costa imaginar-te absent per sempre
tants records de tu se m'acumulen,
que ni deixen espai a la tristesa,
i et visc intensament sense tenir-te.

Sin dejar de llorar, y tras detenerse en varias ocasiones, Marta acabó la lectura. Arrugó entre las manos el poema, abandonó la tarima y se unió a sus compañeros. Los asistentes rompieron a aplaudir y los amigos de Claudia y de Tommy se abrazaron entre abrumadores gestos de dolor que fueron mil veces capturados por los fotógrafos. Solo Raquel Cabanas permanecía sola y arrimada al muro exterior, como si lo necesitara para seguir en pie, conmocionada. Por la expresión de su semblante parecía abatida y airada como solo puede estarlo una adolescente no demasiado popular que acaba de perder a su mejor amiga.

Mientras tanto, las autoridades se despedían solemnemente de los miembros del equipo directivo y de los padres de los alumnos asesinados.

No era necesaria una larga experiencia para comprender que las dos horas que faltaban hasta finalizar las clases no serían fáciles. Obedeciendo las instrucciones recibidas, los profesores intentamos agilizar el regreso a clase. Arrancó una afligida y lenta procesión en dirección a las aulas en la que no faltó el llanto, ni los suspiros, ni algún gemido ahogado. Tampoco las peores maldiciones dirigidas al responsable de la tragedia. Nadie, ni alumnos ni profesores, tenía ganas de llegar.

Observé que algunos chicos se acercaron a Lissette, la consolaban como buenamente sabían. La hermana de Tommy no se reunió con sus compañeros, no regresó a clase. Siguió junto a su madre, que parecía demasiado afligida para articular palabra y que se limitaba a recibir las palabras de consuelo con un gesto de asentimiento. Se disponía a regresar con ella al piso desolado a cuatro manzanas del instituto. Sentí lástima por Lissette. Ella sí que había visto cómo su infancia saltaba por los aires, pensé.

PABLO

Acabada la ceremonia, inicié la retirada procurando reunir a los alumnos de 3º B, a los que se suponía que debía acompañar hasta el aula y a los que debía seguir hablando de la organización territorial del Estado.

En el vestíbulo de la planta baja se me acercó un periodista. Muy joven, pantalones muy estrechos, barba en el mentón y pinta de hípster. Me llamaba por mi nombre y me pedía unas palabras. Estuve a punto de preguntarle si le servía cualquier palabra. No lo hice. En su molesto afán reconocí el convencimiento de que la audiencia necesita saber más de lo que sabe. No me molesté en rebatir su falsa convicción. Intenté sacármelo de encima. No pensaba hablar para los medios, para ninguno. Era una decisión personal y sin fisuras. Por fortuna, Jordi Grau, el jefe de estudios, se nos acercó y le recordó al insistente becario que la ceremonia había concluido y que debía abandonar el centro. No hubo réplica. Grau ordenó a los alumnos que entraran en la clase.

—Comportaos. Ahora envío al profesor de guardia.

Inmediatamente después, me susurró:

—La inspectora quiere hablar contigo. Está en mi despacho.

Dejamos al periodista con la palabra en la boca y el micrófono en la mano iniciando una lenta retirada.

No conocía a la inspectora. Al parecer, ella a mí sí. Me esperaba en la puerta y me saludó cordialmente al verme. Tras presentarse, me sujetó del brazo con delicadeza y echó a andar en dirección a la mesa. Y yo con ella.

Liberó mi brazo, se sentó y yo también lo hice. Decidió utilizar el «usted», probablemente le pareció más acorde con la solemnidad del acto al que ambos acabábamos de asistir.

—Señor Bonell, entiendo que no debe ser fácil, que debe usted pasar momentos muy difíciles. No quiero ni pensar la conmoción que supone descubrir algo así. Imagino que no ha podido sobreponerse todavía, que debe estar intentando recuperar la normalidad. Después de algo como lo que ha vivido, debe usted estar... —buscó las palabras en su repertorio y las encontró— profundamente alterado.

No lo negué. No me sentía profundamente alterado. Pesaban más en mi ánimo el dolor y la rabia, pero pensé que no era necesario corregir su apreciación.

—La verdad es que ya han pasado unos días y...

Me interrumpió con un gesto amable, me sujetó las manos sobre la mesa con una familiaridad que me resultó algo excesiva y carraspeó antes de hablar. Entrábamos en materia.

—Piense que puede usted contar con toda la ayuda del departamento, con la mía personal y, por supuesto, con la de nuestros especialistas.

Me demoré unos instantes pensando de qué manera podía ayudarme personalmente una inspectora. No se me ocurrió nada. Acababa de soltar mis manos y me apresuré a recogerlas y ocultarlas bajo la mesa. No pude evitarlo, recelaba de aquella confianza impostada. No éramos amigos, ni tan siquiera conocidos, y, desde luego, no la habría reconocido de haberla encontrado fuera del centro.

—Si lo cree conveniente, no lo dude, coja usted una baja. Unos días, no muchos, los necesarios para descansar y recuperarse. Se reincorpora cuando crea que ha superado el impacto. Sin prisas. No creo que pueda beneficiarle esta exposición a los medios, este asedio que sin duda sufrirá los próximos días. Pueden llegar a ser tan... —de nuevo buscó la palabra adecuada.

No la encontró y, considerando que el sentido se sobreentendía, decidió pasar a otro asunto.

—Y por su sueldo no se preocupe, dado que lo ocurrido se ha producido en el entorno laboral, no se le descontará nada. Recibirá usted el sueldo íntegro.

Era tanta su delicadeza al abordar el asunto, tan aparentemente desinteresado su interés, que no llegué a saber a ciencia cierta si se trataba tan solo de una amable invitación, de una sincera preocupación por mi bienestar o si me estaba pidiendo que desapareciera de escena hasta nueva orden en un sutil fundido a negro.

—Se lo agradezco. Lo pensaré —acerté a decir antes de levantarme, estrecharle la mano y abandonar el despacho.

La salud siempre me había acompañado y nunca había cursado una baja laboral. Ni se me había pasado por la cabeza hacerlo ahora. Y menos todavía cuando el asesinato de los dos chicos seguía sin esclarecerse.

Muy cerca de la salida un chico abrazaba a la madre de Tommy Paguay. Me vio y me acerqué a ella. Yo había sido el tutor de Tommy el curso anterior, nos habíamos visto en varias ocasiones, habíamos hablado de la falta de esfuerzo de Tommy y de su futuro incierto. Hilvané algunas frases de condolencia que ella aceptó bajando la mirada y tendiéndome las manos. Correspondí con las mías. Mujer de pocas palabras retuvo mis manos y se acercó a mí como si agradeciera mi interés.

En voz muy baja, casi en un susurro, me dijo:

—Señor Pablo, necesito hablar con usted. Aquí, no. Mejor en otro sitio. ¿Puede ser hoy mismo, esta tarde? ¿En mi casa?

A su lado, Lissette, con la mirada baja, parecía querer desaparecer engullida por la tierra.

EMPAR

La madre de Claudia estaba sentada en un banco, desfallecida, rota. A su lado, de pie, con las manos hechas puños y los ojos en llamas, su marido se dirigía a Adriana y lo hacía agriamente. Había dolor en sus palabras y cólera en sus gestos.

No quedaban periodistas en las inmediaciones y los alumnos habían regresado a las aulas. Yo estaba de guardia en el pasillo de la planta baja, a pocos metros. Una guardia de penúltima hora en la que, afortunadamente, no había tenido que sustituir a nadie. Cosme y Mónica ocupaban la garita y parecían atareados, cada uno a lo suyo. Juraría que no hablaban entre ellos por no perder detalle.

La directora intentaba por todos los medios que la pareja la acompañara a su despacho, pero la madre de Claudia no estaba dispuesta a abandonar el banco en breve. Por el contrario, parecía decidida a esperar la muerte allí mismo. Tampoco el padre parecía dispuesto a seguirla. Era evidente que prefería seguir dando voces en un espacio abierto.

César Pellicer abominaba de la escuela pública en general y de nuestro instituto en particular. Se maldecía por haber decidido matricular a Claudia en un centro en el que los alumnos morían a manos de desconocidos y acababa responsabilizando de la muerte de su hija al equipo directivo por no saber controlar a un alumnado que, a todas luces, rozaba el delito con su sola existencia.

Lanzó afirmaciones descabelladas contra Tommy y, en pocas palabras, lo acusó de lo ocurrido a pesar de que la posibilidad de que fuera el culpable de la muerte de su hija resultaba completamente inverosímil. Bastaba recordar que el chico había sido encontrado muerto colgando por las piernas de un perchero. No era necesario ser ningún experto para comprender que había terceras o cuartas personas implicadas en los hechos.

Desconsolado y desbordado por la ira, habló de las compañías que el chico frecuentaba, de su aspecto, del tatuaje que lucía en el arranque del cuello, de su falta de recursos... Llegó a especular con la idea de que Tommy pertenecía a una secta satánica en la que habría obligado a ingresar a su hija. Adriana tiraba de él inútilmente, intentaba que abandonara el vestíbulo, que dejara de lanzar acusaciones que no tardarían en llegar hasta el último rincón.

—No sé qué es lo que pasó, pero yo conocía a mi hija, sé cómo era. Ella nunca hubiera... Era una buena chica.

Mi experiencia personal no corroboraba sus palabras. No siempre conocemos a las personas que sentimos más cercanas.

—Y su muerte... No me dirá que no parece formar parte de una ceremonia satánica, algo de locos. Un ritual suicida, un sacrificio... Algo de locos y de criminales. Y un chico que lleva un tatuaje así... ¿Qué quiere que piense? ¿Qué pensaría usted?

—Creo que debemos dejar que la Policía...

—Yo sé lo que sé, y sé lo que dicen... Y ese chico no era trigo limpio.

A falta de mejor explicación, el desquiciado progenitor culpaba de la muerte de su hija a una de las víctimas.

—Le recuerdo que Tommy también ha muerto y que la investigación policial no ha determinado todavía si...

—¿La investigación policial? No me haga reír.

Pellicer lanzó una carcajada que me heló la sangre. Asió del brazo a su mujer, tiró de ella. La mujer se puso en pie casi por la fuerza. Ambos se dirigieron a la puerta.

—Volveremos a vernos.

Sus palabras eran una amenaza.

Mientras esperaba que sonara la sirena que ponía fin a la jornada, tomé algunas notas.

PABLO

La última clase no acababa nunca. Yo no conseguía concentrarme y mis alumnos habían dejado de intentarlo. Cuando sonó el timbre y los dejé salir, habría dado cualquier cosa por volver a casa para no poner el pie en la acera hasta el día siguiente. No lo hice, tengo la mala costumbre de comprometerme sin pensármelo dos veces.

Me dirigí al piso de Sylvana Coronado, que se encontraba cerca del instituto y al que se accedía por un portal estrecho encajado entre un bazar chino y un taller de reparación de automóviles. En el zaguán algunos buzones desvencijados y la pintura parcialmente desprendida evidenciaban la falta de mantenimiento. El dinero no sobraba en la comunidad de vecinos. La escalera era estrecha y oscura, y olía a humedad. Subí hasta el segundo piso.

Sylvana Coronado me esperaba en el rellano y me invitó a pasar.

—Señor Pablo, necesito que usted me ayude.

Y yo, que no sabía qué era lo que aquella atribulada mujer podía esperar de mí, la seguí hasta el salón de su casa. Me indicó que me sentara. Sobre la mesa, una cafetera humeante y un platito con galletas. Sentada en un sofá diminuto, Lissette seguía un programa en una pantalla de grandes dimensiones mientras abrazaba un cojín de tela en el que las hortensias gigantescas alternaban con los helechos. Me miró, me reconoció y bajó el volumen. Era menuda y tenía la mirada severa de quien no perdona una falta. No guardaba parecido con Tommy, al que recordaba siempre felizmente despreocupado.

—Ya lo ha visto usted. Me han matado a mi Tommy y parece que… Como si yo no hubiera perdido un hijo. Sé que el padre de esa chica acusa a mi hijo, que va diciendo que Tommy es culpable de alguna manera, dice que mi hijo no era agua clara. Qué sabrá él —añadió con amargura.

Cabeceó antes de volver a hablar. Como si reflexionara, como si rescatara de algún rincón de su memoria lo que había pensado decirme.

—Y sé que lo escuchan, que aquí todos lo conocen. Él es de aquí, nosotros venimos de lejos, no nos conoce nadie y no conocemos a nadie. La gente siempre desconfía. Y yo no... Le aseguro que nunca le hemos hecho daño a nadie. Trabajo y más trabajo. Eso es lo que hemos venido a hacer: trabajar. Sé que hay chicos que andan con bandas, todo el mundo lo sabe, pero mi Tommy, no.

Sylvana se detuvo, apenas conseguía respirar. Bajó la mirada y permaneció en silencio unos instantes. A su espalda, sobre un aparador, una fotografía de boda. Los contrayentes, Sylvana y el que supuse que era el padre de Tommy y de Lissette. Ella de blanco, él de oscuro. Ambos sonreían, eran jóvenes y parecían felices. Tenían todas sus ilusiones intactas. Muy cerca, un retrato de los dos hermanos tomado algunos años atrás. Ambos posaban ligeramente envarados sentados en un banco. Tommy vestía pantalón corto y reía sin reparos. Lissette sonreía con las manos en el regazo, lucía un vestido rojo con volantes rosas y blancos y un lazo en la sien. Parecía otra. Caí en la cuenta de que nunca antes la había visto sonreír.

En la pared una reproducción de *La última cena* y la imagen de una Virgen de manto blanco y labios asombrosamente rojos sobre fondo dorado.

Los muebles de la pequeña estancia parecían llevar décadas en aquel piso. Quizás la pareja esperaba un buen momento que nunca llegó para cambiarlos por otros mejores, más actuales. Probablemente el padre de Tommy y Lissette se cansó de esperar.

Sylvana Coronado se serenó y de nuevo me miró a los ojos. Los suyos eran negros y brillaban como el alquitrán caliente.

—Usted me conoce. Sabe que no tengo estudios y que tampoco sé hablar como hacen otros. Yo solo sé que empiezan a mirarme mal, que algunos se apartan de mi hija pequeña. Y que ella no se lo merece. Ni yo tampoco. He perdido a Tommy, pero tengo a mi Lissette, me queda mi niña. Tengo que hacer todo lo que pueda por ella.

Suspiró y se llevó una mano a la altura del corazón antes de volver a hablar. Creí advertir un resoplido proveniente del sofá.

—Desde que encontraron a Tommy no sale de casa, como si… No sé. Yo le digo que no tiene de qué avergonzarse, que su hermano no hizo nada malo, que puede estar segura de eso. Pero ya la ve. Y si yo he ido hoy al instituto es porque la directora fue muy amable y me lo pidió. Por eso y porque no tengo nada que esconder, no quería que pensaran que… Pero con gusto me hubiera quedado en mi casa. A mí no me consuela lo que puedan decir ante un micrófono. Ni los poemas. Ni siquiera entendí lo que decían. ¿Para qué quiero sus abrazos? Pero cuando le vi allí pensé que podía hablar con usted. Tommy confiaba en usted.

—Desde luego. Pero la verdad es que no sé cómo puedo ayudarla. Yo solo era su tutor el año pasado. Este año no…

—Usted conocía a Tommy. Había hablado con él muchas veces, era su alumno. Sabe que no era un mal chico, que lo que andan diciendo es mentira. Hasta he oído que decían que estaba endemoniado.

Las lágrimas anegaban ya sus ojos. Sacó un pañuelo de la bocamanga de su jersey de lana y las arrastró. Lissette miró a su madre, inclinó la cabeza y apretó el cojín entre sus brazos. Juraría que hubiera dado cualquier cosa por hallarse muy lejos. También yo.

—Yo soy muy creyente, y Tommy también, pero no quería que sus amigos de aquí lo supieran. Se ríen de los que van a misa, se burlan de los que creen en algo, por eso se escondía. Me acompañaba a misa cada domingo, pero íbamos a otro barrio. No quería que lo vieran sus amigos.

De nuevo calló unos instantes.

—Y por eso se pintó las uñas de negro. Mire que le dije mil veces que se lo quitara, que aquello no iba con él. Hasta Lissette se lo pidió, pero era una apuesta. Habían perdido el partido y él dijo que iban a ganar, se apostó que llevaría las uñas pintadas unas semanas y cumplió. Él era así. Mi hijo quería tener amigos. Vivía por el fútbol y por los amigos, por eso le iban mal los estudios.

Tras un silencio muy breve, añadió:

—Y por esa chica. Andaba loco por ella. Y ella por él. No lo dejaba en paz. Llamaba a todas horas.

—Tampoco le gustaría a usted el tatuaje.

—¿El tatuaje?

—Bueno, esas cifras. —Y me señalé el cuello de la camisa—. El 666, ya sabe que lo asocian con el diablo.

Y la alarma subió a los ojos de la mujer, sus manos se detuvieron en el aire y apenas acertó a seguir hablando.

—¿Al diablo? —farfulló—. Ay, Dios mío, qué dice usted. Por eso van diciendo lo del demonio. No puede usted pensar… —Y se persignó antes de taparse la boca con la mano.

La señal de la cruz había quedado asociada para siempre en mi memoria a las últimas palabras del padrenuestro que mi abuela remataba en cada ocasión con cara de pesar y trazando tres veces la cruz sacrificial en el aire para acabar besándose el pulgar.

Una, dos, tres cruces. De menor a mayor.

«Líbranos del mal». Amén.

No pude evitar pensar que era demasiado tarde para conjuros.

—Disculpe, yo no… Yo no pienso nada malo de Tommy, no creo en esas cosas, pero ese tatuaje…

La mujer echó la cabeza hacia atrás como para alejar

el dolor. Reía en voz muy baja y su risa era tan amarga, tan dolorosa, que no supe qué decir. Su mirada, al volver a hablar, era la de una mujer devastada.

—Se lo hizo por Lissette. Me pidió permiso. Ahorró para tatuarse la fecha del nacimiento de su hermana, el 6 de junio de 2006. Tommy adoraba a Lissette, se querían mucho. Eran muy diferentes, como la noche y el día, pero estaban muy unidos. Creo que mi hija no acaba de comprender que él se ha ido para siempre, que está con Dios, que nos espera.

Y Sylvana Coronado miró a su hija que no apartó la vista del televisor. Hubiera jurado que Lissette no se perdía una palabra de la conversación.

—666. Eso nos ayudará a desmontar lo que dicen —apunté para ofrecerle algún alivio.

Pensé en la cantidad de tonterías que hacemos para aparentar lo que no somos. Un chico creyente, religioso, haciéndose pasar por un tipo duro, sin miedo, capaz de todo. Incluso de hacerse tatuar una cifra comprometedora, una versión de la fecha del nacimiento de su hermana, para frecuentar a lo mejor de cada casa.

—Usted, señor Pablo, es de aquí y creo que es un buen hombre. Además, usted conocía a mi hijo. Tommy lo apreciaba, me dijo que había escrito un libro, que sabe usted...

—Sí, es cierto, pero no sé qué puedo... —Me encogí de hombros—. Yo no puedo investigar. De eso se ocupa la Policía y...

Me interrumpió.

—Yo le pido que hable de cómo era Tommy, que diga que no es verdad lo que dicen de él, que no era un mal chico y que no estaba endemoniado. Puede usted contar lo que le acabo de decir, puede hablar con los periodistas, puede...

Un escalofrío me recorrió la espalda. La mujer me estaba poniendo en una situación difícil. Me había prometido a mí mismo no hacer declaraciones, no hablar con la prensa, no prestarme al juego. Le había asegurado a Escalona que me mantendría al margen.

—Yo no sé hacerlo, me da miedo, no me atrevo. Me harán preguntas y no sabré qué decir, me confundirán. Y mi Lissette es demasiado joven para…

—Haré lo que pueda —prometí por prometer—. ¿Puedo ver la habitación de Tommy?

—Sí, claro. Tommy tenía una habitación para él solo —contestó con orgullo y me precedió.

Deduje que Lissette compartía habitación con su madre. No me equivocaba.

—Vino la Policía. Buscó entre sus cosas y se llevó su móvil. Siempre lo dejaba aquí cuando iba a entrenar. Yo no he tocado nada. También se llevaron el ordenador. Dijeron que necesitaban revisarlo. No sé qué es lo que esperan encontrar.

A ambos lados de un pasillo ciego se abrían las puertas de las dos habitaciones de las que disponía el piso. La del chico era muy pequeña y estaba atestada de cosas. En el suelo varios pares de deportivas permanecían alineadas junto a la cama, una pila de camisetas dobladas sobre la silla del escritorio, libros y hojas sueltas por todas partes, un par de balones de fútbol en diferentes estados de degradación y gorras y varios trofeos deportivos sobre los pocos espacios libres. En las paredes, fotografías a gran tamaño de Luis Suárez celebrando un gol, de un grupo de jóvenes raperos en mitad de una parrafada y de un par de estrellas de la NBA elevándose hacia el aro. Sobre la mesita de noche, una estampa de una Virgen sonriente y con los brazos abiertos insertada en un marco diminuto. Junto a ella, un anillo de metal con una calavera.

—Quería llegar a ser como ese futbolista.

La ventana era tan pequeña que bien habría podido pertenecer al camarote de un barco. Desde la mesa de escritorio se divisaba la calle y la copa de un par de árboles jóvenes y algo raquíticos. En un rincón me sorprendió la presencia de una bolsa de deporte de color rosa chicle con estrellas blancas y rojas y una sudadera azul celeste cuidadosamente doblada.

—Son cosas de Lissette. Ahora tendrá su propia habitación. Podrá dejar de dormir conmigo.

Y Sylvana Coronado no pudo seguir hablando. Salió del cuarto y me quedé a solas con el recuerdo de Tommy Paguay.

Abandoné el piso poco después.

CAPÍTULO 3

EMPAR

Cuando al llegar al centro Cosme me pidió que pasase por conserjería para recoger unas fotocopias estuve a punto de decirle que era un error. No tenía encargos pendientes. Me lo impidió su rostro sombrío y su índice rozando sus labios como en un descuido.

Lo seguí. Cerró la puerta. Mónica preparaba la sala de actos para una charla. Estábamos a solas.

—Necesito hablar contigo. Es por mi hijo pequeño, por Víctor.

Hablaba Cosme en voz muy baja y con gesto furtivo, como si fuera cierto lo de que las paredes oyen. Yo recordaba perfectamente a Víctor Manzano, un joven de unos veinte años que intentaba reconducir su futuro cursando un ciclo formativo. Animación de actividades físicas y deportivas, si no recordaba mal. Me había pedido ayuda pocas semanas después de mi llegada al instituto. Redactaba un trabajo teórico sobre cómo gestionar el fracaso deportivo en los niños. Lo del temor a la página en blanco era en Víctor casi una fobia. Verdadero pavor.

Cosme, que no tenía buena relación con el equipo psicopedagógico del centro, había pensado en mí. Pablo le había comentado que muchos años atrás había cursado psicología. Acepté echarle una mano. No sé decir que no cuando me piden un favor, es una de mis asignaturas pendientes. Una de tantas.

—No sé si lo sabes, Víctor era el entrenador de ese chico, de Tommy —prosiguió cauteloso.

Lo sabía, era una de las cosas que habían trascendido y de la que se hablaba en los pasillos. Nadie en el instituto lo ignoraba. Aquella tarde Tommy se había ejercitado con el resto del equipo.

—La Policía ha hablado con él y está asustado. No ha hecho nada malo, no pienses que… Pero necesita que alguien lo tranquilice. Y como tú lo conoces… Mi hijo es buena gente, ya lo sabes. He pensado que podrías ayudarle.

—Tengo libre la cuarta hora y me irá bien un café. Si le va bien quedamos en La Xerradeta a las 12.

La Xerradeta era una de las dos cafeterías cercanas al instituto. La menos frecuentada por alumnos y profesores porque estaba algo más lejos que su competidora y porque Fidel, el propietario y único empleado, era de una lentitud proverbial incompatible con la media hora de patio.

—Gracias.

Cosme, visiblemente angustiado, no me había recordado los días que faltaban para su jubilación.

Víctor era un chico delgado y no muy alto, tenía la sonrisa fácil y los ojos muy vivos. Lo recordaba en movimiento continuo. Sus dificultades académicas se derivaban de una alarmante incapacidad para comprender lo que leía. Por el contrario, parecía dotado para todo tipo de ejercicio físico, al menos es lo que decían de él. Peinaba una mata de pelo en lo alto del cráneo y las sienes despejadas a imagen y semejanza de alguno de sus futbolistas preferidos. Me esperaba ya cuando llegué a la cafetería. Se levantó y me tendió la mano.

—Les expliqué todo lo que sabía. A Escalona y a ese otro, su ayudante, uno que es como un armario.

Recordé que se refería a Guerao, un *mosso d'esquadra* alto y fornido de sonrisa amable, que parecía escoltar al subinspector.

—Parecía saberlo casi todo. Que mi padre era el conserje, que yo había estudiado en el instituto... Me preguntó cuánto tiempo llevaba entrenando a los chicos, sus nombres, el horario... Quería saber cómo era Tommy y qué relación tenía conmigo y con sus compañeros. ¡Joder! Es que te crujen a preguntas. Yo ya no sabía ni lo que decía.

—Eso no te ha de extrañar, Víctor, también a mí me hicieron muchas preguntas, es su obligación. Es su trabajo.

Levanté la mano y pedí un café a Fidel que seguía una tertulia matinal en la pantalla y no parecía dispuesto a acercarse a la mesa.

—Después quiso saber qué pasó el lunes, cuántos chicos habían venido a entrenar, si había más gente en el patio, lo que hicimos, cuánto duró el entreno... Le dije lo que sabía y me empecé a asustar un poco con tanta pregunta.

Y mientras hablaba seguía removiendo el interior de una taza de café vacía.

—Les dije que aquel día habían venido 8 jugadores y que Tommy era uno de ellos, era de los que más ganas ponía. Siempre. Era uno de los mejores. Con tres o cuatro como él, otro gallo nos cantaría. No faltaba nunca y se dejaba los huevos en la pista.

Bajó la vista, carraspeó y se disculpó. Le aseguré que no importaba. Y era cierto, nada podía importarme menos.

—Acabamos como siempre, a las siete, y los chavales se fueron. Prefieren ducharse en sus casas, y yo también. En las duchas del instituto te quedas tieso, hace un frío de cojones, más frío que en la pista. También querían saber si había alguien más por allí. Y la verdad es que no me fijé. Siempre hay algún pavo esperando a un amigo, alguna novia, algún hermano... Más de una vez había visto a Tommy comiéndose los morros con esa chica. Pero aquel día no me fijé. Además, en invierno se hace de noche muy pronto y a las siete no se ve más que lo que pasa en la pista. Al salir apago los focos desde el vestuario. Quizás había alguien allí, pero te juro que no lo vi.

Fidel depositó mi café sobre la mesa sin perder el curso de la animada tertulia televisiva.

—Les dijiste lo que sabías. No veo por qué tienes que preocuparte.

Y era cierto.

—Pues porque creo que no me creyeron. Escalona se levantó y se fue. No me dijo ni ahí te pudras. Y entonces fue cuando su ayudante quiso que le dijera exactamente todo lo que había hecho desde el momento en que acabó el entreno, como si quisiera atornillarme. —Y por si no me había quedado claro el término, enroscó en el aire un tornillo imaginario—. Insistió en que le explicara la salida de los chicos, el orden, si parecían alterados... Parecía que me estuviera acusando de no haberme fijado en cada detalle. Me preguntó otra vez por Tommy y le dije que creía que se había ido con todos, pero que no estaba seguro. Y no lo estaba, te lo juro. Yo había ido a recoger los conos y las pelotas y lo guardé todo en el cuartito junto al vestuario de los chicos. Cuando salí no quedaba nadie.

—Insisto, Víctor. No hiciste nada malo. Me parece normal que pregunten. Fuiste una de las últimas personas en ver a Tommy con vida. Si no te interrogan a ti, ¿a quién van interrogar?

—Ya, pero es que tampoco lo expliqué todo. Y no sé por qué no lo hice. Solo pensaba en salir de allí, en acabar lo antes posible. Estaba de los nervios —añadió mientras tamborileaba con los dedos sobre la mesa y salpicaba sus palabras de suspiros—. Pero la verdad es que cuando acabé de recoger no salí inmediatamente, llamé a Fanny, es mi novia. Me quedé en el gimnasio dos o tres minutos hablando con ella, igual alguno más. No digo que no. Estaba muy cabreada con una amiga y necesitaba hablar. Me dijo que no podíamos quedar, que estaba sola con su hermano. Cambié de planes. Total, que tardé unos minutos en salir y cuando me fui de allí diría que ya no quedaba nadie. Además, mi trabajo se acaba cuando despido a los chicos, después allá cada uno con su vida ¿No? —añadió.

No supe qué decir y asentí levemente. Asentí porque era lo que Víctor esperaba de mí y porque probablemente estaba en lo cierto. Era evidente que la inmovilidad lo angustiaba. Había empezado a mover la pierna rítmicamente como si pedaleara mientras ejecutaba un *allegro* con las yemas de los dedos sobre la mesa de la cafetería.

—Solo faltaría que perdiera el trabajo. Me lo dieron por mi padre, él les habló de mí y creo que los del AMPA están contentos. Si ahora, por este marrón...

—Querrán saberlo todo, necesitan conocer los detalles, estás a tiempo de... —me interrumpió.

—Aquel tío también me preguntó si me había fijado en la sala de actos, si había luz, si estaba abierta. Tampoco me fijé. Siempre está cerrada y con las persianas bajas. Juraría que estaba igual, pero... No me fijé. Creo que pensó que yo era un idiota o que escondía algo. Sospecha de mí. Te juro que me miraba como si los hubiera matado yo. Te lo juro.

Apuré el café e intenté tranquilizarle de nuevo. Le prometí que si se decidía lo acompañaría a hablar con el subinspector mientras tomaba notas mentales de cuanto Víctor había dicho. Nunca se sabe.

—Al final me preguntó por lo que había hecho después.

—¿Y qué fue lo que hiciste?

—Nada. Me fui a casa, me duché y me entretuve con el móvil y con la tele. Entonces me preguntó si había alguien conmigo, alguien que pudiera confirmar lo que decía. Y no había nadie, mis padres, que no salen casi nunca, habían salido. Volvieron casi a las nueve para cenar. Me puse muy nervioso. Creo que hasta temblaba. Y no dejaba de mirarme y de tomar notas. Pensé que me iba a quedar allí y que me iban a acusar como en las películas. Estuve a punto de pedir que llamaran a mi padre, a un abogado...

—Hasta que no resuelvan el caso hablan con todo el mundo, pero es lo normal. Es el procedimiento.

Seguí hablando unos minutos. Traté de que comprendiera que la Policía seguía un método de investigación y que quizás volverían a llamarlo. En mal momento. Víctor se echó a temblar como si acabara de amenazarlo con el paredón.

Pagué la cuenta y le pedí que me acompañara al instituto. Por el camino argumenté como pude que el hecho de declarar no le convierte a uno en sospechoso. Insistí en que podía tranquilizarse.

Creo que lo conseguí solo a medias.

PABLO

Había dormido poco y mal y no había logrado quitarme a Tommy Paguay de la cabeza. Me desperté mucho antes de la hora habitual y bajé a la cafetería más cercana con el propósito de ojear el diario antes de entrar en clase. Desde la progresiva y definitiva extinción de los quioscos de prensa cada vez resultaba más difícil conseguir un diario en su formato convencional, el papel. En la pantalla del televisor una chica que vestía de fucsia de los pies a la cabeza y que se encontraba junto a la verja posterior del instituto insistía en la idea del «pasaje del terror». Insinuaba sin el menor rubor que el chico asesinado podría estar vinculado de alguna manera a un grupúsculo —es la palabra que utilizó— de seguidores de Lucifer que operaba en la ciudad.

Habría podido lanzar la taza a la pantalla en un arranque de ira. La mesa, incluso. No lo hice. Conozco a la propietaria desde hace muchos años y no le deseo ningún mal. Por si lo apuntado por la joven periodista fuera poco, se sucedieron las imágenes de asesinos presuntamente endemoniados y, como no podía ser de otra manera, apareció la estampa recurrente de Charles Manson y una colección de símbolos satánicos. Parecían olvidar que el chico había muerto exactamente en las mismas circunstancias que Claudia Pellicer.

Pagué la consumición y cada vez más asqueado me dirigí al instituto pensando en cómo sortear a los voceros de los medios de comunicación. Dejé la moto justo en la entrada y no me desprendí del casco hasta haber llegado a la conserjería y haber comprobado que la puerta se cerraba para impedir el paso a los intrusos.

Cosme me recordó en un susurro que le quedaban poco más de 40 días para dejar el centro y que tenía más ganas que nunca. Recuerdo que le palmeé la espalda y que apenas me sonrió.

Encadené clases a lo largo de toda la mañana y a la hora del patio recibí a la alumna a la que supervisaba el trabajo de investigación y que quería plantearme una duda. Ni un instante libre hasta las 12 horas, momento en el que se iniciaba la media hora recién implantada de lectura obligatoria en la que los alumnos abrían una publicación de ficción. De entre todos los alumnos de una clase siempre encontrabas el que intentaba echar un vistazo al móvil, el que dormitaba con la cabeza sobre los brazos en una regresión a la infancia o aquel que aprovechaba para departir con el colega en voz baja. También un puñado que esperaba aquel rato para seguir devorando novelas de extraordinaria longitud y complejidad. Modernas distopías, ficciones históricas con conspiración religiosa interpuesta y larguísimas historias románticas edulcoradas y algo delirantes. Incluso había quien a falta de lectura más amena ojeaba atentamente un diccionario.

A todo ello, el profesor al frente de dicho espacio de tiempo pensado para la lectura distendida, y que en el reloj interno tiende a infinito, difícilmente consigue avanzar algunas páginas entre un sermón y el siguiente. Aquel día ni Empar ni yo teníamos grupo al que «contagiar» el placer de leer.

A solas en el departamento me habló de los temores de Víctor Manzano. Yo le resumí mi conversación con Sylvana Coronado.

—¿Y qué quieres hacer?

—No lo sé. Por un lado, me había prometido no hablar con la prensa, pero la madre de Tommy tiene razón. Toda la razón. Alguien tiene que hablar de Tommy.

Empar asintió.

—Acabo de leer lo que dicen. Algunos digitales andan sugiriendo barbaridades. No contrastan nada. Son capaces de cualquier cosa. Y cuanto más truculenta, mejor. Y todo a costa de Tommy.

—La verdad es que no sé qué hacer.

La miré en busca de complicidad.

—Creo que deberíamos redactar un comunicado exigiendo respeto y rigor. Podemos ofrecer algunas explicaciones. No creo que eso incomode a la Policía. Además, este año la tutora es Maribel Ponsa. Podemos hablar con ella, seguro que no tendrá problema, firmará. Un escrito colectivo. Si Maribel está de acuerdo, se lo pasamos a Adriana para que el instituto lo haga público. Con la información que tenemos, un comunicado puede ayudar a desmentir algunos rumores.

—No creo que eso sea suficiente para...

—Por el momento es lo que está en nuestras manos. Podemos organizar una lectura pública, enviarlo a la prensa...

Empar hizo una pausa sin dejar de mirarme a los ojos.

—¿Has pensado en algo más? —inquirió entornando levemente los suyos al observar que no parecía convencido.

Tras muchos años de colaboración, no le resultaba difícil interpretar mi lenguaje no verbal. Tampoco mis silencios.

—La verdad es que... Si te paras a pensar, llevamos años inventando historias de crímenes. Asesinatos, secuestros... Siempre persiguiendo una buena historia. Ahora la historia nos ha salido al paso. Somos parte de esa historia. Es poderosa, es...

—¿Escalofriante? No lo veo claro, Pablo. Piénsalo, es como si quisiéramos sacar rédito de la desgracia, como... No seríamos mejores que esos...

No acabó la frase. No era necesario. La interrumpí.

—Puede ser una buena historia. La mejor que hayamos escrito.

—Es demasiado pronto. La investigación está en curso y todo son suposiciones. No sabemos cómo puede acabar y de momento esto es un circo de varias pistas. No quiero tomar parte. Satanismo, posesiones diabólicas, el «instituto del terror»... No me va. No es mi estilo. Ni el tuyo —insistió.

—Por eso mismo deberíamos intentarlo. Podríamos explicar las cosas tal y como las hemos vivido, tal y como las conocemos. Hablaríamos de la verdad.

—La verdad —había sarcasmo en el timbre de su voz.

Habíamos discutido muchas veces sobre la conveniencia de alcanzar una verdad que, muy a menudo, duele tanto o más que la mentira. Un arma cargada, una navaja de doble filo. Ambos lo sabíamos y desconfiábamos de las verdades absolutas.

—No quisiera contribuir a este espectáculo, acabaríamos… No sé, no quiero participar de todo esto —repitió—. Demasiada basura.

—Seamos sinceros. He visto cómo tomabas notas. Llevas la libreta encima y sé lo que significa. Eres tú la que insiste en que una trama ha de ser verosímil. Llevamos años rompiéndonos los cuernos procurando que una historia parezca real. Esto no puede ser más real.

—Siempre ando tomando notas. Ya lo sabes. No quiere decir nada. Es un vicio —replicó con una sonrisa.

—Sabes que hay una historia. Ambos lo sabemos. ¿Quién mejor que nosotros?

—Si te paras a pensar. ¿Qué es lo que sabemos, Pablo? No sabemos nada. Nada —insistió—. No sabemos cómo murieron, no tenemos acceso a la autopsia ni al informe de la científica, no conocemos los detalles.

Y no le faltaba razón, pero conforme intentaba convencer a Empar, reconocía mi propio deseo, las ganas de saber, de llegar hasta el final. De explicar esa historia y no otra.

—Yo descubrí los cadáveres. Hemos hablado con la Policía, conocemos a las familias, a los compañeros de los chicos, a sus profesores, el escenario, las circunstancias…

—Demasiada implicación. Demasiadas incógnitas.

—No tenemos que inventar nada —añadí cada vez más convencido.

—¿Empezamos a escribir sin saber quién es el asesino? No tenemos ni idea de quién cometió los crímenes. Es…, es… No sé. Es difícil, es extraño.

Flaqueaba.

Sonreí. Estaba ganando la batalla. Ambos lo sabíamos.

—Podemos esperar a que la Policía lo averigüe —sugerí.

—¿Y si no lo hacen? ¿Y si tardan años? Además, recuerda que Escalona nos advirtió. Nos lo dejó muy claro.

—¿Y qué va a hacer?

—Puede acusarnos de obstrucción. Piénsalo, si nos movemos por nuestra cuenta, si cometemos un error... No controlamos la historia, no sabemos casi nada. Se nos puede escapar de las manos. Podemos tomar notas y con el tiempo...

—Esa es la mejor parte. No controlamos la historia, es fascinante, no podemos prever... —Ni yo mismo me reconocía en mis palabras—. ¿No lo ves? Por una vez podemos dejar a un lado la fórmula de siempre. Crimen, criminal, una buena víctima o mejor varias. Todo previsto, todo controlado. El autor lo sabe todo desde el principio. Nos manipula, nos sorprende cuando quiere, nos lleva a su campo. Todos lo hacemos así. En cambio, una historia cuyo final no conocemos es un reto. Tenemos la oportunidad de hacer algo nuevo, algo diferente. Creo que lo llaman *true crime*. ¿Quién puede explicarla mejor que nosotros?

Empar cabeceó. Frunció los labios. Lo hacía cuando valoraba una propuesta. Siempre. Su convicción se agrietaba, una fisura se abría en su negativa, que había dejado de ser rotunda.

No había vuelta atrás.

Calibraba la magnitud del desafío.

—Seguiré tomando notas y hablamos dentro de unos días. Creo que no debemos empezar a escribir todavía. Déjame pensar. La estructura no será fácil.

Era un sí.

EMPAR

Bajé a la sala de profesores repitiéndome los argumentos esgrimidos por Pablo y envidiando su confianza en nuestras posibilidades. «Hablaremos de la verdad. No controlamos la historia. Es real. Es verosímil». Eran ciertos, indiscutibles. También lo eran mis reticencias, mis reservas. Creo que es tanta la magnitud del dolor que se concentra en una historia real y tanta la crueldad de algunas verdades que no sé si quiero participar. Para mí la realidad es material sensible. Prefiero la ficción.

Antes de entrar pasé por conserjería para pedir las fotocopias que necesitaría al día siguiente. Cosme se sacaba de encima a un alumno.

—Cosme, por favor. Acaba de colgarse. Si no nos la bajas, nos cortas el rollo.

—¿Otra vez? ¿Es que jugáis a ver quién cuelga la pelota más veces? ¿O es solo por joder al pringado del conserje?

—Yo no he sido, ha sido el Manu.

—El Manu... Ya le daré yo al Manu.

—Por favor. Solo esta vez.

—Ni hablar. Yo no puedo moverme de aquí y Mónica está revisando la caldera. Si encuentro un rato subo luego, pero no me vengas con prisas. El día que me cabree no subo más. ¡Ah! Y no vuelvas por aquí hasta que se acaben las clases.

El chico resopló y se retiró resignado. Manu, que había tenido más de un encontronazo con el conserje, esperaba en la puerta de acceso al patio y golpeó la pared con el puño al conocer la negativa.

Dejé a Cosme rezongando en el garito y busqué las monedas para la máquina de café que ronroneó y se sacudió ligeramente cuando pulsé el botón del café corto. Justo después de la lectura siempre coincidíamos los mismos, los que librábamos a esa hora cada martes y aprovechábamos para un respiro. Lucía García, una geóloga profesora de ciencias, charlaba con Robert Barrera, un joven valenciano del Departamento de Inglés muy popular por su buen humor. Paco Carpio, de mates, tecleaba con un cigarrillo apagado entre los labios. Era su forma de protestar contra la prohibición de fumar en el centro.

—Ayer ya no lo vi. Y hoy, que he coincidido con ellos cuando entraban, tampoco —dijo Lucía—. Los otros son los mismos. Ahora trabajan en la fachada justo debajo del laboratorio. Llevan aquí tres o cuatro semanas. Los he visto mil veces. Se pasan el día en el andamio y a veces asoman la cabeza por la ventana y saludan. Por eso los reconozco. Y te aseguro que ese chico ya no está.

—¿Y qué quieres decir con eso?

—No sé, que es extraño, que no está. Igual lo han detenido. Ya os expliqué lo que pasó el otro día durante la guardia de patio, ¿no?

Y Paco, sin retirar el cigarrillo, señaló con toda la retranca que fue capaz de imprimir a sus palabras:

—Yo ya lo he oído tres veces como mínimo. Con alguna variación según el día y el momento, por cierto.

Lucía se limitó a insinuar un gesto de desdén. Paco era un hombre de una corpulencia extraordinaria, un personaje singular que se definía como un fumador obeso y mórbido y que afirmaba que solo los niños, los locos y Paco Carpio decían siempre la verdad. Eran muchos los que tenían miedo de su sinceridad y los que intentaban no ponerse a tiro de sus casi siempre despiadados comentarios. De nuevo a vueltas con la verdad. Algunos alumnos lo adoraban, otros lo detestaban con igual intensidad. Casi todos, incluso sus detractores, reconocían que explicaba las matemáticas con extrema sencillez.

Normalmente no suelo interferir en conversaciones ajenas, prefiero escuchar. Soy buena escuchando. He practicado mucho. Más de media vida. En el autobús, en el ambulatorio, en los pasillos del instituto, en la facultad, en el súper… Siempre en busca de la verosimilitud, siempre intentando recoger conversaciones, fragmentos de historias, recuerdos, incluso palabras desconocidas u olvidadas...

Mucho antes de ser novelista había aprendido a escuchar, quizás estaba en mi ADN, como el color de mis ojos, el de mi piel o mi altura poco habitual. Con el tiempo he desarrollado varias estrategias para que nadie repare en mí ni se sienta espiado. Abro un libro que no voy a leer, me encasqueto unos auriculares silenciados o tomo notas directamente en el móvil como si escribiera un mensaje. Alguien dijo una vez que los novelistas somos personas que oímos voces. Creo que es más acertado afirmar que somos gente interesada en oír voces.

Me tragué mis reticencias y, a cara descubierta, pronuncié:

—Yo no, Lucía.

Estaba convencida de que la profesora de ciencias, que no era una mujer especialmente discreta, no dudaría en volver a explicar el asunto del chico desaparecido. Raramente nos resistimos a retener algún tipo de información que nos convierte momentáneamente en protagonistas. Trasmitir lo que otros ignoran proporciona un tipo especial de placer al que muy pocos renuncian. Un poder efímero, pero poder al fin y al cabo. Todos lo hemos experimentado alguna vez.

No me equivocaba.

—Quizás no tenga relación, pero puede ser importante. No lo sé. Ya sabéis que los viernes tengo guardia a la hora del patio.

La profesora se acercó a mí y bajó la voz tras dirigir a Paco una mirada triunfal que este, con la vista fija en la pantalla, no recogió.

—Los obreros que arreglan la fachada siempre paran a esa hora porque los chicos bajan al patio y les estorban. Aprovechan la hora del patio para salir a almorzar. Hace dos semanas, cuando volvían del bar, el más joven, un chico marroquí muy guapo y que siempre sonríe, se enfrentó con Tommy Paguay. No sé por qué, solo sé que si no los separan se lían a golpes. Todos gritaban: los alumnos, los albañiles, los profesores que vigilábamos el patio... Te puedes imaginar la que se montó.

Asentí. Era lo que Lucía esperaba de mí.

—Antes de que los separaran pude oír cómo Tommy le dijo «moro mierda». Y ya sabes cómo les molesta eso a... —buscaba la palabra correcta, pero tardaba en encontrarla.

—A los moros —añadió Paco, que no perdía detalle y que no se quedaba atrás escuchando conversaciones ajenas.

—A los magrebíes —añadió Robert Barrera divertido.

—Gracias. A los magrebíes, quería decir. El chico, que creo que se llama Otman, le gritó a Tommy «hijo de puta, te voy a rajar». Como lo oyes. «Te voy a rajar». Alguien se lo dijo a la Policía cuando estuvieron aquí. A mí también me preguntaron. No sé si llegaron a hablar con él. El caso es que hoy no está aquí. Y ayer, tampoco. Ha dejado de venir. Por algo será. ¿Y si se ha fugado? Creo que quizás los *mossos* deberían saberlo.

Pensé que Lucía tenía algo de razón. También que a Pablo le gustaría saberlo.

—Eso no quiere decir... —apuntó Robert.

—Igual es el asesino. Piénsalo. Puede que Escalante lo haya detenido. —Lucía no se rendía fácilmente.

—Escalona —apuntamos a coro Paco y yo.

—¿No se llama Escalante? ¿Estáis seguros? Yo para los nombres...

—Ya... Siempre se te han dado mejor las piedras... —apuntó Paco Carpio aplastando contra la suela del zapato su cigarrillo apagado.

CAPÍTULO 4

PABLO

Una nueva visita de la inspectora acababa de anular la reunión semanal de tutores de segundo ciclo. En un instituto una hora libre es un regalo. A falta de la concentración suficiente para aprovechar el tiempo corrigiendo, decidí visitar de nuevo el escenario del crimen. Comprobé que nadie había reservado la sala de actos y le pedí la llave a Cosme, que ojeaba un diario deportivo sin perder de vista el despacho del equipo directivo. Me la entregó sin recordarme la cuenta atrás de sus días laborables. Parecía algo mustio y con pocas ganas de conversación.

La Policía había acabado de analizar, fotografiar y recoger pruebas y podíamos volver a disponer del espacio. Con la idea de construir el relato de los hechos tal y como los recordaba, intenté revivir el momento en el que vi los cadáveres por primera vez. Abrí la puerta y me aseguré de que la iluminación fuera la misma. Me acerqué al lugar exacto en el que me encontraba cuando oí el grito de Marta Correa e intenté recordar la posición precisa de los cuerpos. No lo conseguí. Fue entonces cuando pensé en la imagen que conservaba en mi móvil.

Contemplé a Claudia y a Tommy colgando inertes y

casi completamente desnudos del perchero. En los institutos de secundaria los percheros se colocan muy por debajo de una altura lógica. Nuestros alumnos más jóvenes apenas tienen doce años cuando pisan el instituto por primera vez. Muchos abandonan el centro años después sin haber alcanzado todavía su estatura definitiva.

Pensé en las preguntas de Claudia. «¿Así es como te gustaría verme, profe?». La respuesta era: «No. De ninguna manera».

Nada más espantoso que un cuerpo joven, dos en este caso, al que se le ha escapado la vida. Si por añadidura los cadáveres se encuentran colgando boca abajo en una posición aterradora, el impacto es verdaderamente pavoroso.

Experimenté una sensación a la altura del estómago muy parecida a la náusea mientras observaba en la pantalla las piernas dobladas sobre los ganchos y sujetas con los cables que el asesino, si es que fue solo una persona, había arrancado del equipo audiovisual. Un gesto en apariencia fruto de la pura improvisación junto a una colocación de los cadáveres nada casual y más propia de una película de terror de serie B. Las pantorrillas tensas, en una postura cuya mera contemplación resultaba dolorosa, permitían que los cuerpos colgaran de los tobillos. El cuello de Claudia parecía forzado más allá de lo normal, quizás quebrado. La cara de él, algo más alto que Claudia, no resultaba visible, permanecía aplastada contra el suelo. Recordé un leve reguero de sangre a la altura de la sien de Tommy y algunas gotas encharcadas en una baldosa. Muy pocas. Eran consecuencia probable del golpe recibido.

El rostro de ella, inexpresivo y de una palidez imposible; sus pechos flácidos; el cabello descansando en el suelo en torno a la cabeza. Aparté la mirada de la pantalla y la dirigí de nuevo al espacio vacío. Intenté imaginar cómo había podido maniobrar un único sujeto. No era fácil. Probablemente el autor, siempre suponiendo que se tratase de una única persona, se había ayudado de una mesa, quizás la misma que subimos a la tarima con motivo de una charla, para elevar los cuerpos antes de atarlos y dejarlos colgar.

Hubiera dado cualquier cosa por echar una ojeada al informe de la Policía.

Una extrañísima *mise en scene* de dificultad obvia y propósito incomprensible que evocaba una imagen retenida en algún remoto lugar de mi memoria. Entre otras muchas cosas, por eso estaba allí, por eso mi interés por desentrañar aquel doble crimen aterrador. Había algo que me resultaba vagamente familiar en aquella singular disposición de los cadáveres. No le había explicado a Empar que aquella imagen de los cuerpos boca abajo de un hombre y de una mujer no me era completamente ajena. Desde el primer momento tuve la inquietante sensación de haber visto algo parecido. Pasados los días, la impresión perduraba sin que hubiera podido recuperar el referente original.

Profundamente abatido me senté en una de las sillas de la fila delantera. No sé cuánto tiempo permanecí allí, escarbando inútilmente en mis recuerdos. Poco antes de que sonara el timbre que indicaba el final de la clase y el inicio de la siguiente, me levanté y me fui.

EMPAR

—¿Ya estás aquí?

La pregunta retórica de David Montero era su curiosa manera de aunar saludo y profunda decepción.

La esperanza de que el profesor falte a clase data de la noche de los tiempos y se renueva con cada hora que pasa.

David no esperaba respuesta y no la hubo. Se sentó en la segunda fila mientras guardaba el móvil en el bolsillo posterior de sus vaqueros y yo depositaba mis cosas sobre la mesa del profesor con un *bon dia* que intentaba sonar animoso.

Desde que entras en el aula hasta que realmente empieza la clase pueden pasar un sinfín de cosas. No es extraño cruzarte en el umbral con dos o tres alumnos que salen de estampida, normalmente en dirección al lavabo o a encontrarse con los amigos de otros grupos, y que juran que solo tardarán un minuto en volver. Tampoco lo es que tres o cuatro tengan el móvil en la mano y ni se percaten de tu llegada, que alguno discuta airadamente con un compañero, que una pareja se abrace o se bese y que un puñado esté asomado a la ventana contemplando el infinito o comunicándose a grito pelado con los que se encuentran en el patio.

Lo que resulta verdaderamente excepcional es que alguien tenga ya el libro de texto sobre la mesa. Que además lo tenga abierto por el tema y la página adecuada no solo es extraordinario, no recuerdo haberlo visto.

Algunos profesores suelen entretenerse unos minutos al pasar por el departamento correspondiente a buscar el material que necesitan o bien se detienen unos instantes en el pasillo a intercambiar penurias con otro compañero. Están convencidos, pobres inocentes, de que esa demora es el tiempo que necesitan los alumnos para desfogarse, ocupar su sitio y preparar el material de la clase siguiente.

Aquel grupo no era de los que obligaban a repetir varias veces la orden de callar, sentarse y abrir los libros. Tras pasar lista y comprobar que faltaba Olga Camprubí, la alumna que llevaba semanas asistiendo de forma irregular, pude darles las instrucciones necesarias para que completaran el cuadro explicativo de la Revolución Industrial que sintetizaba lo que llevaba días explicando.

Mientras esperaba a que acabaran la actividad, me dediqué a reflexionar.

Decirle a Pablo que el chico magrebí que había protagonizado un altercado con Tommy Paguay había desaparecido era incitarle a averiguar la causa. Un trapo rojo sacudido delante de un astado. Conociéndolo como lo conocía y sabiendo que pretendía seguir indagando hasta el final, referirle las palabras de Lucía era como tenderle un cabo e incitarle a tirar de él hasta dejarse las manos en la soga.

Tardé treinta largos minutos en tomar una decisión. Media hora en la que no dejé ni por un instante de analizar los pros y los contras de lo que estaba a punto de hacer. Cavilaba mientras anotaba en la pizarra el apartado que me disponía a explicar y señalaba lo esencial. Estaba inmersa en un bucle desquiciante. Solo logré liberarme cuando abandoné el aula unos minutos antes de acabar la clase, me encerré en el lavabo para profesoras de la primera planta y le envié un mensaje escueto en el que refería lo esencial.

Mi tendencia a obsesionarme con algunos asuntos sin conseguir progresar en ningún sentido era un alarmante síntoma de neurosis del que no me libraba desde la adolescencia. Había tardado un par de años en decidirme a solicitar un traslado y cada vez estaba menos segura de haber acertado. Una obsesión por estudiar los pros y los contras que solo remitía con la acción. Cuestión de pocos minutos.

Enviado finalmente el mensaje instantáneo, suspiré, abandoné el lavabo, abrí la puerta del aula, pedí silencio y repetí por tercera vez el funcionamiento de una máquina de vapor utilizando el socorrido ejemplo de la olla a presión.

Él todavía tardó menos en responder con una sola palabra: «Interesante».

PABLO

Con el pretexto de una inexistente reunión convocada a última hora, aplacé una semana las dos visitas de padres que figuraban en mi agenda. Ni la evolución de Christian Peral, que no había abierto un libro desde que empezó el trimestre, ni la de Carlota Martí, más preocupada por el color de su brillo de labios que por cualquier otro asunto de tipo académico, se resentirían de la dilación. Había hablado con ambos una infinidad de veces y en una ocasión con cada una de las familias implicadas. Sospechaba que, tras el interés de los padres de Christian y de Carlota por los resultados de sus hijos, que, pese a los esfuerzos invertidos, no habían sufrido la menor variación en sentido positivo, se escondía cierta curiosidad morbosa por conseguir información de primera mano. Nunca antes mis opiniones habían resultado tan apreciadas ni mi persona había suscitado tanto interés.

Y yo seguía sin verle el lado positivo.

Que el chico magrebí que trabajaba en la obra de acondicionamiento de la fachada del instituto, al que yo también podía identificar por haberlo visto en muchas ocasiones acarreando sacos o encaramado al andamio, hubiera abandonado la cuadrilla, quizás no significaba nada. Era más que probable. Aun así, necesitaba averiguar el motivo.

Salí al exterior del edificio y comprobé que, efectivamente, el chaval larguirucho de ojos muy negros y dientes muy blancos no andaba por allí. Jesús, al que los demás se dirigían como si fuera el jefe, advirtió mi presencia y me saludó. Correspondí con un «buenos días» que acompañé con una sonrisa y me acerqué. Habíamos hablado un par de veces, casi siempre los lunes por la mañana y siempre de fútbol. Había descubierto días atrás que era suyo el coche que exhibía una pegatina perica y no tardamos en establecer algo parecido a una complicidad futbolística, una especie de vínculo en la adversidad.

—Jesús, ¿tienes un momento?

—Dame dos minutos, que acabo de pasar la llana y estoy contigo.

Y, mientras seguía en cuclillas alisando el muro bajo una de las ventanas de la planta inferior, buscó a uno de los obreros con la mirada y ordenó:

—Dinu, trae un cubo de agua.

Se puso en pie con un gemido mientras se llevaba la mano a las lumbares y fruncía los ojos como si esperara oír crujir sus vértebras. Acabó de enderezarse y sonrió. Era un tipo jovial al que le sobraban unos kilos y que, según afirmaba, se quedó completamente calvo antes de cumplir los 20 años a raíz de un accidente de moto. Una calvicie que le incomodaba y que ocultaba sustituyendo el casco por una gorra de la que no se separaba en ningún momento. Sus compañeros aseguraban que dormía con ella.

—Quería hacerte una pregunta.

—Tú dirás —contestó elevando la visera unos centímetros.

—¿Ha pasado algo con el chico marroquí? Hace días que no lo veo. Ni yo ni nadie.

—Vamos, hombre. ¿Tú también? No me jodas. ¿Has venido solo para preguntarme por Otman?

Tenía los brazos en jarras y el tono de su voz era de cabreo. También la expresión de sus ojos.

—Jesús, es que esto es muy serio. Han muerto dos chicos y nadie…

—Pero ¿a vosotros qué os importa quién viene por aquí? Ayer vino la directora con la misma canción. Y dentro de un rato aparecerá un poli y detrás un periodista, como si lo viera.

—Dicen que se peleó con el chico que murió. Creo que tú mismo los separaste. No puede extrañarte que…

—Eso fue un calentón. No fue nada. Un calentón sin importancia. Cosas de las que uno hace con esa edad. Todos hemos hecho cosas así. No tienen la menor importancia.

No compartía su opinión, pero no era el momento de entrar en detalles. No creo haber llegado nunca a las manos, ni a su edad ni más adelante. En todo caso no más allá de la niñez. Y eso, en mi caso, quedaba demasiado lejos.

—Si no me equivoco, se pelearon a causa de la chica. Ya sabes que ella también murió. Otman le dijo algo y el otro...

—¿Y a ti qué puede...?

—Yo los encontré, Jesús. No me lo quito de la cabeza.

Me miró unos instantes como si me compadeciera y elevó los hombros en un gesto de impotencia. Asintió.

—Sí, eso he oído. ¡Vaya marrón!

Apenas tardó unos segundos en afilar la mirada y recobrar la compostura.

—No estarás insinuando...

—No. Pero sabemos que la Policía habló con él y reconocerás que es muy extraño que tras el incidente haya dejado de venir por aquí. Hay quien dice que lo han detenido.

—Si la gente se metiera en sus cosas... —apretó los puños y resopló sonoramente— Otman es alocado y un poco fanfarrón, pero solo es eso. No es un asesino. Conozco a su padre desde hace muchos años, desde que llegaron aquí. Siempre ha trabajado para mí. El chaval tiene la sangre caliente y la lengua larga, pero es trabajador y buena gente. Ese chico tuyo tampoco era un santo. Y de la chica... No me hagas hablar.

—¿Qué quieres decir?

—Pues que le provocaba. Le sonreía cada vez que pasaba. Y si él no la miraba, volvía a pasar las veces que hiciera falta. Un día Otman estaba conmigo en el andamio y ella se bajó la cremallera de la sudadera justo cuando estaba debajo y sabía que él miraba. Te aseguro yo que no fue una casualidad.

—Pero eso no importa, no quiere decir que… A veces vemos cosas que… —intenté replicar.

—Yo estaba aquí y sé lo que vi.

—Quizás deberías hablar con la Policía —insinué.

—Yo no quiero líos ni con la Poli ni con nadie. Solo sé que Otman es un buen chico, que no es culpable de nada y que lo único que pasa es que está en otra obra.

—Pero quizás podrías decirme…

—Te lo repito: está en otra obra. Y punto.

Empujó la visera con un gesto brusco hasta que esta ocultó sus ojos, me dejó con la palabra en la boca y se alejó.

La conversación había terminado.

CAPÍTULO 5

EMPAR

Los primeros datos referentes a las autopsias de Tommy y de Claudia habían saltado a los medios y abrían los noticiarios en todas las emisoras radiofónicas. Minutos antes de salir de casa, mientras el agua atravesaba la cápsula de café y yo revisaba el interior de mi cartera, supe que ambos habían muerto estrangulados. Me senté unos minutos y escuché.

En el caso de Tommy, el estrangulamiento tuvo lugar tras haber recibido varios golpes en la parte posterior del cráneo que, sin embargo, no llegaron a producir fractura. Parecía probado que en ambos casos el criminal utilizó sus manos para arrebatarles la vida.

Era difícil saber si la noticia procedía de una filtración o si provenía de una comunicación oficial. Tampoco sería aquella la primera vez que la Policía desvelaba algún detalle con el propósito de alarmar al criminal y propiciar un paso en falso. En cualquier caso, el estrangulamiento es un tipo de crimen propio de un hombre, y de un hombre fuerte. La forma en la que el homicida dispuso los cadáveres y la fuerza física necesaria para hacerlo ya apuntaba en esa dirección, aunque en todo delito hay excepciones y no era descartable que fueran varias las personas implicadas.

A pesar de que no creía que debiéramos actuar por nuestra cuenta y riesgo, y de que me intimidaba abordar una historia real, cuando alcancé la calle había decidido pedir a los alumnos que escribieran unas líneas, muy pocas, hablando de Tommy y de Claudia.

Busqué a Maribel Ponsa, la tutora de Tommy, y a Ricard Moragues, el tutor de Claudia, y les anuncié lo que pensaba hacer. Ambos accedieron sin problemas, conocían el propósito y apoyaban la iniciativa. Yo me encargaría de reunir a los alumnos a la hora del patio, pedirles unas líneas y aprovechar sus palabras para redactar un comunicado final que necesitaría el visto bueno de Adriana.

Hablé con los que consideré sus compañeros más cercanos del informe de desagravio que, sobre Tommy y sus oscuras vinculaciones satánicas, preparaba el instituto y les pedí sinceridad y discreción. Se mostraron de acuerdo. Expliqué que pensaba utilizar sus escritos para completar un texto que ayudaría a desmentir la imagen que los medios estaban difundiendo sobre el chico. Obtuve el permiso de todos ellos.

En ocasiones, los alumnos se expresan de forma confusa y no siempre consiguen decir lo que pretenden, pero también pueden ser extraordinariamente lúcidos y desenvueltos, tanto por escrito como de viva voz. Sin lugar a dudas, si uno está habituado a leer entre líneas podían proporcionarnos una información que escapaba al conocimiento de los adultos. Quizás podría conseguir que algún dato valioso aflorara en sus textos.

—No es necesario que firméis. Solo que habléis de ellos. De sus cosas buenas y también de las no tan buenas. Sabemos que no eran perfectos. Por eso os pido sinceridad total.

Nadie preguntó por qué les pedía también unas líneas

sobre Claudia Pellicer, dado que, por el momento, nadie difundía informaciones que pudieran enturbiar su imagen. Tenía mis razones. Una de ellas era conocer mejor a las víctimas. A ambas. Tampoco nadie pareció advertir que me bastaría con comparar sus textos con alguno de los ejercicios que conservaba en mi poder, para saber quién era el autor de cada texto. Algunos podría incluso identificarlos a simple vista.

Recogí sus escritos y me dirigí al departamento. Quería leerlos cuanto antes. Cecilia ordenaba papeles con cara de desaliento y Esteban parecía enfrascado en la corrección de un control.

—Recordad que las programaciones tienen que estar entregadas a mediados de enero. Y ya sé que es un fastidio y que no tiene mucho sentido, pero nos piden las unidades didácticas al detalle con las competencias, las dimensiones y toda la parafernalia.

Esteban separó la vista del examen que tenía entre manos, la elevó al techo y resopló. En contra de su naturaleza, no abrió la boca.

—¡Ah! Y los planes individualizados tienen que estar antes de las vacaciones —advirtió nuestra jefa de departamento en el tono del que pediría disculpas por transmitir órdenes ingratas.

Como era de esperar, Esteban dejó de controlar sus impulsos.

—Me cago en la puta. No saben qué más hacer para machacarnos. Mucho papel, mucho informe, mucha modernidad, pero las ratios a treinta y subiendo. Tratamiento de la diversidad, planes individualizados, aprendizaje competencial, proyectos… Hay que joderse. ¿Y los superpoderes? —remató Esteban Torres—. ¿Y la paga que no cobramos cuando tocaba?

La verdad es que ni Cecilia ni yo le llevamos la contraria. Y es que, por una vez, a ambas nos resultaba difícil rebatir su razonamiento.

PABLO

Pisé la comisaría minutos antes de las 17 horas sin saber por qué me encontraba allí y sin dejar de repetirme el mensaje que Escalona había dejado en mi móvil:

> Señor Bonell, soy el subinspector Escalona. Le agradecería que pasase esta tarde por comisaría. Necesitamos verificar unos datos y su colaboración nos podría ser muy útil. Por favor, llámeme en cuanto escuche este mensaje.

Aunque no tengas nada que ocultar, que un policía necesite hablar contigo de una investigación en curso no resulta tranquilizador. Había visitado alguna comisaría con anterioridad en compañía de Empar con el propósito de ambientar las novelas policiales que llevábamos escribiendo juntos desde hacía años. Eran visitas programadas y nuestros acompañantes nos guiaron siempre con la mayor deferencia y respondieron amablemente a nuestras preguntas. Nuestros anfitriones parecían encantados de mostrarnos las distintas dependencias y de aclarar nuestras dudas sobre el procedimiento policial. En aquella ocasión, tras el requerimiento de Escalona, el edificio me resultó intimidante y el personal mucho menos complaciente. Acudía allí como testigo, al menos eso era lo que yo imaginaba. No tenía nada que temer. Y sin embargo la urgencia en la voz de Escalona me resultaba amenazadora.

Había firmado una declaración la semana anterior en la que detallaba la secuencia de los hechos, por ese motivo me extrañaba la premura del policía y su insistencia en volver a interrogarme. Por otra parte, y dado mi interés en el caso, una entrevista con el subinspector era una buena oportunidad para seguir de cerca una investigación que me interesaba conocer en profundidad.

—Pase, señor Bonell. Ya conoce a mi ayudante, el sargento Guerao.

—Sí, le recuerdo —afirmé mientras tomaba asiento—. Usted dirá qué es lo que hago aquí. Yo ya les he explicado cuanto… No sé cómo puedo ayudarles.

—Verá, la investigación avanza, van apareciendo cosas, detalles que necesitamos contrastar. El sargento le leerá el informe sobre lo ocurrido el martes 5 de diciembre y lo que hemos podido averiguar hasta el momento. Por favor, escuche y luego hablamos.

El sargento empezó a leer. Era obvio que no tenía costumbre de hacerlo en voz alta y se detuvo en varias ocasiones para modular la voz y entonar correctamente un par de frases. El documento era preciso y se atenía con fidelidad a los hechos.

—Sí, eso es lo que dije, no veo…

—Cierto, pero el sargento no ha terminado. Déjele seguir.

El tono de su voz no admitía réplica. Y no la hubo.

—«Durante el análisis de las pertenencias de Claudia Pellicer ha sido encontrada en su ordenador la carpeta Historia de l'Art y en ella un archivo que lleva por nombre Venus y que contiene un par de reproducciones de la estatua conocida como la Venus de Milo, una de ellas acompañada de un comentario de la obra y la otra de lo que parece una apreciación personal de Claudia Pellicer y que se constata a continuación: "Así es como le gustaría verme a mi profe"».

Guerao extrajo una página del informe y me la tendió. La Venus de Milo sobre un fondo oscuro y unas palabras que no llegué a distinguir que destacaban bajo el pedestal. Con un gesto le indiqué que no era necesario. Me revolví en la silla. No pude evitarlo. Pocas veces en la vida me había sentido más incómodo. Con toda seguridad me ruboricé, pero resultaba difícil saberlo. Me pasa con frecuencia, lo noto, pero me es imposible detener el sonrojo y la situación que lo desencadena, que generalmente es incómoda, pasa a ser terriblemente embarazosa.

—¿Y bien?

—No sé qué quiere que le diga.

—¿Por qué cree que Claudia pensaba que usted quería verla desnuda? No nos ha hablado de cómo era la relación que mantenía con la chica.

—¿Relación? No mantenía ninguna relación. Era mi alumna. La Venus de Milo forma parte del programa de la asignatura.

Mi estómago se contrajo dolorosamente, dice mi médico que es mi caja de resonancia. No se equivoca. La mirada de Escalona era fría, casi despiadada. Apoyé los codos sobre la mesa por si dejaba de controlar mi cuerpo y me echaba a temblar.

—Lo sé. Lo he comprobado, pero debo insistir. ¿Qué relación tenía con Claudia Pellicer?

—No tenía ninguna relación especial con Claudia, se lo aseguro.

—Ella no lo creía así.

Guerao cerró el informe y me miró. La lectura había acabado. Habíamos alcanzado el punto sin retorno.

—¿Sospecha usted de mí?

—No le estoy acusando de nada. Lo único que quiero es aclarar los hechos. Las informaciones que tenemos sobre esa chica son ambiguas. Tenemos informes contradictorios y lo único que queremos es aclarar los hechos. Por tanto, volvamos al día de los asesinatos, el lunes por la tarde. ¿Puede decirme dónde estuvo usted? ¿Qué hizo entre las 18.30h y las 19.30h?

—¿Otra vez? ¡Ya me lo preguntó hace unos días! Ya le expliqué que aquel día…

—Pues bien, se lo vuelvo a preguntar —me interrumpió en un tono que no admitía discusión.

—Bueno…, como ya sabe, tuvimos un claustro. Empezó a las 16 y acabó unas dos horas después. ¿También le interesa lo que se dijo, inspector, o eso me lo puedo saltar?

—Siga —ordenó.

Intenté continuar mi relato sin mostrar nerviosismo. No era fácil. Apoyé las manos sobre la mesa.

—Cuando acabó el claustro me fui directo a casa. Aquel día había ido al instituto en bicicleta. De vuelta es bajada y apenas tardo seis o siete minutos. Llegué, y como no había nadie, me cambié y salí a correr.

—¿Hace eso a menudo?

—Depende. Uno o dos días a la semana.

—¿Solo? —quiso saber. Nada en su rostro parecía haber variado desde que, minutos antes, me senté frente a él.

—No siempre. A veces, entre semana, quedo con José Luis, un profesor de Inglés.

—¿Y el lunes de la semana pasada?

—No. Al acabar el claustro quise saber si se animaba a correr un rato por la zona de Can Dragó, el parque que queda junto a la Meridiana. Él vive muy cerca. Pero aquella tarde no podía.

—¿Había alguien más con ustedes?

Su aparente recelo socavaba mi confianza.

—Pues... No sé. No recuerdo. Bueno, sí. Creo que Empar estaba cerca. Y Paco Carpio, el profesor de Matemáticas. Salía detrás de mí y comentó que se apuntaba si a mí no me importaba que fuera en patinete eléctrico. Era una broma. Creo que los odia. Pero puede usted preguntarle. Lo recordará.

—Lo haré —respondió mientras el sargento Guerao anotaba mi respuesta—. ¿Hasta qué hora?

—Algo más de hora y media si contamos los ejercicios de estiramiento que hice al final.

—¿Por dónde?

—Fui a Can Dragó, es un buen sitio, allí hay mucha gente que pasea o que corre.

—Y luego volvió a su casa.

—Sí, llegaría allí a eso de las 20 o 20.15 h.

—¿Le vio alguien? Alguien que le conozca, quiero decir.

—Pues no…, no que yo recuerde. ¡Sí! ¡Me encontré con una vecina justo al cruzar la Meridiana! La señora del cuarto piso. Ella lo podrá corroborar porque la saludé. Pregúntele.

—Ya, pero por lo que dice entiendo que eso debió de ser justo al principio del recorrido, usted vive por debajo de la Meridiana.

—Sí.

—Y el recorrido que hizo durante más de una hora por la zona de Can Dragó es justamente en la dirección en la que se encuentra el instituto, que no queda muy lejos.

—Bueno, como le he dicho, es una buena zona para ir a correr.

—Ese encuentro con la vecina no le proporciona coartada alguna si se para a pensar. ¿Usted es de los que corren con el móvil y registran los kilómetros, los tiempos y luego lo cuelgan en las redes?

—¿Yo? No. Nunca. ¿Para qué iba a hacerlo? No le veo el sentido. ¿A quién puede interesarle?

—Pues, tontería o no, la verdad es que, si lo hubiera hecho, podría confirmarnos de manera bastante fiable lo que usted dice que hizo. Lástima. Habrá que seguir buscando algo que nos permita contrastar su declaración. Quizás haya quedado registrado su paso en alguna cámara. Hay muchas por todas partes. Lo comprobaremos. Por si acaso, esté localizable, Bonell. Podríamos volver a llamarlo.

—¿Me aconseja que traiga a mi abogado?

El subinspector se encogió de hombros y evitó pronunciarse.

CAPÍTULO 6

EMPAR

Salí de la clase de 3º A cuando sonó el timbre. Al contrario de lo que podría parecer no todos los alumnos se precipitaron al pasillo para llegar cuanto antes al patio a la hora de la pausa de media mañana. Algunos remolonearon y se resistieron a abandonar el aula. No era de extrañar, en el exterior hacía frío y el sol era apenas una insinuación entre las nubes. Solo yo tenía prisa. Sentía cierta curiosidad malsana por saber quién estaba en el aula contigua haciendo guardia y tratando, sin el menor éxito, de hacer que sus alumnos dejaran de hacer ruido.

El desafortunado era el sustituto de Ernest Ferreres, Gerard, un joven ingeniero recién llegado, que abandonaba el aula de 3º C con el rostro desencajado. La curiosidad dejó paso a la necesaria solidaridad ante la desdicha.

—Te acostumbrarás, Gerard. Este es un grupo muy complicado y no te conocen, pero no todos los grupos son tan difíciles.

—¿Difícil? Difícil es que te toque la lotería. Esto ha sido un infierno.

Creí ver cómo le temblaba la mano al acercar la llave a la cerradura.

—Si lo llego a saber… —susurró a mi espalda.

No me detuve, lo había visto otras veces, demasiado bien sabía de qué hablaba. Yo misma lo había pensado alguna vez cuando debutaba en la profesión.

Llegué al departamento justo detrás de Pablo. Corrí unos metros y le pedí que no cerrara la puerta. Ambos cargábamos libros, papeles y el ordenador portátil y buscar la llave cuando faltan manos es un verdadero embrollo. Pablo dejó sobre la mesa cuanto llevaba y lo hizo con un suspiro. Me miró mientras yo acababa de traspasar el umbral con las manos ocupadas y empujaba la puerta con el pie. No llegó a cerrarse. También él parecía alterado. Me sorprendió. Había alarma en su voz y en su mirada.

—No sé qué pensar. Creo que Escalona necesita un culpable y quiere que cargue con los crímenes. Pensé que sería un trámite, pero… Creí que no salía de comisaría.

Se sentó en el lugar que acostumbraba a ocupar, el más cercano a la ventana. Yo lo hice frente a él.

—Pero ¿en qué se basa? ¿Qué tiene contra ti?

—Y yo que sé.

Mi pregunta quedó suspendida entre ambos. Observé cómo titubeaba antes de hablar.

—Algo relacionado con la Venus de Milo, han encontrado algún comentario y lo relacionan conmigo. Soy el profesor de Historia del Arte.

—¿Y qué dice?

Se encogió de hombros. Algo en su mirada esquiva me indujo a pensar que prefería no desvelar el contenido del comentario de Claudia.

—La verdad es que no me quisieron aclarar nada. Hizo un montaje con la imagen. No sé qué importancia tiene. Creo que va dando palos de ciego, como si intentara ponerme nervioso. Tuve la sensación de que intentaba pillarme en un renuncio.

—Quizás no sepa por dónde tirar. No deben tener otras pistas —comprendí que era lo que Pablo necesitaba oír—. Víctor, el entrenador de Tommy, el hijo de Cosme, me explicó algo parecido, se sintió acorralado.

—Como si le pusiera contra las cuerdas.

Asentí.

—No creo que debas preocuparte.

—Pero ¿entiendes por qué quiero llegar hasta el final de este asunto? Me interesa más que a nadie. Necesito saber qué es lo que pasó, no voy a…

Justo en ese momento entró Esteban Torres.

—Tanto si escribimos la novela como si…

Pablo bajó la voz al advertir su presencia y no acabó la frase.

Probablemente Torres, un hombre sigiloso al que no habíamos oído entrar, había escuchado parte de la conversación. Acarreaba tantos trastos como nosotros y traía consigo su habitual mal humor.

No saludó. Tampoco hizo preguntas.

Nos limitamos a mirarlo, a reconocerlo y a dejar la conversación a medias.

Se sentó frente al único ordenador fijo de que disponemos y tecleó nerviosamente.

—Seguro que han instalado algo que inhabilita las ventanas emergentes. Ahora tendré que desactivar el filtro. Ya no saben qué hacer para amargarnos la vida —protestó agriamente.

No sabía de qué filtro hablaba y solo tenía una ligera idea de lo que eran las ventanas emergentes. No pregunté, Pablo tampoco. Su vida parecía bastante amarga sin necesidad de ninguna ayuda exterior. Pocos segundos después se levantó, nos miró como si acabara de vernos y se fue. Decir de Esteban que era un tipo arisco es quedarse corto. Su comportamiento era descortés y, en ocasiones, francamente ofensivo. Pablo tenía por costumbre minimizar los conflictos y decía de él que no se daba cuenta. La psicopedagoga aseguraba que le faltaban habilidades sociales. Yo no sabía qué pensar.

En opinión de Paco Carpio, era un cabrón con todas las letras. Y si le apuraban un cabrón y un malnacido.

Saqué unas hojas de mi cartera y se las tendí a Pablo. Pensé que era mejor pasar página y olvidar el interrogatorio durante unos instantes.

—Mira. Son algunos de los escritos sobre Claudia y Tommy que pedí ayer. He separado los más interesantes. No aportan mucho, pero es sorprendente que un par coincidan en decir que Claudia era una «falsa», aunque lo dicen de cualquiera, a todas horas, ya sabes. No sé si es importante. También insinúan que le gustaba tontear con todos. Marta Correa dice de ella que era terriblemente seductora y que siempre conseguía lo que quería. Me parecen palabras de doble filo.

Le señalé algunas líneas.

—Y este es de Raquel Cabanas. Es muy especial.

No sé cómo empezar estas líneas. Me pides que escriba algo sobre Claudia y no sé cómo hacerlo. Era mi mejor amiga. Nos conocíamos desde que entramos en el instituto. En otro instituto. Ella se matriculó aquí por mí, porque yo había cambiado de casa y de centro. En cierto modo también soy responsable de su muerte.

Hemos crecido, hemos viajado, hemos llorado juntas y juntas hemos pasado los mejores momentos. Tuvimos la regla por primera vez con dos días de diferencia. A veces nos leíamos el pensamiento y no necesitábamos acabar una frase para saber qué era lo que la otra iba a decir. Nos gustaba pensar que estábamos sincronizadas.

Éramos muy diferentes, saltaba a la vista. Ella era mucho más guapa, le bastaba con sonreír para ligarse a un tío. A cualquiera. No se le resistía nadie. Si quería jugaba con ellos, para ella era muy fácil. Sin problemas. Claudia podía decirte lo que deseabas oír, solo por gustar. Muchos dirán de ella que era falsa, que tenía dos caras. Y puede que sea cierto. De hecho, lo era, pero ¿quién va siempre con la verdad por delante? Claudia buscaba la admiración de los demás, su simpatía, como si viviera de ella. Era su forma de ser. Todos tenemos la nuestra.

Yo no soy así, no lo he sido nunca, soy la amiga formal y «menos guapa». Le reprochaba cosas que para ella no tenían importancia. A veces llegué a creer que la odiaba, que Claudia era una mala persona, que no tenía moral; pero ella siempre encontraba un rato para enviarme un mensaje, un *link* con una canción de Fito y Fitipaldis o para desearme buenas noches. Acabábamos haciendo las paces. Siempre. Yo no sabía resistirme y a ella no le importaba pedir perdón.

Creo que Claudia también me necesitaba. Yo era una constante en su vida. El resto siempre cambiaba. Incluso su familia. Dos casas, la de su padre y la de su madre, dos familias y hermanos por todas partes.

—Su madre es la primera mujer de Pellicer.

También yo había alcanzado la misma conclusión. La devastada madre de Claudia, la mujer que, sentada en un banco en el vestíbulo, parecía carecer de voluntad propia era la primera esposa de César Pellicer.

Asentí.

—Una situación complicada —observó Pablo.

Iba de una casa a otra desde hace años, de un barrio a otro, de un centro a otro... Entre peleas familiares y traslados a veces dormía en mi casa. Son mis mejores recuerdos. Enviaba a mi hermana a dormir a otra parte, desconectábamos los móviles y hablábamos durante horas. Nuestras noches en blanco. Soñábamos. Ella con ir al Institut del Teatre y ser actriz, yo con que nuestra intimidad no acabara nunca. Siempre pensé que si llegaba a ser actriz viajaría, se enamoraría y se alejaría de mí. Cuando se decantó por el Bachillerato de Humanidades estuve a punto de renunciar a las Ciencias para seguir con ella. No lo hice. Mi madre no lo permitió.

Claudia era mi amiga, y ya no está. No estará nunca más. Y no puedo explicar cuánto la echo de menos. No estaba en la sala de actos cuando la encontraron, ni tan siquiera la vi muerta. Y no sé cómo decirle adiós. He dicho que, a veces, la odiaba, y es cierto; pero más cierto es que la quería con toda mi alma. La quería, no soportaba que se alejara de mí o que dejara de hablarme. Sentía celos cuando se camelaba a un tío y le dedicaba toda su atención. Sabía que no tardaría en olvidarse de él y que yo seguiría a su lado, pero no podía soportarlo. Llegué a pensar que quizás sentía por Claudia algo más que amistad. Sé que es lo que dicen de mí, lo que piensan. Quizás también eso sea cierto.

Ya no lo sabré nunca.

Me he quedado sola.

Añoro tanto a Claudia que no sé qué hacer con mi vida.

Raquel

—Uuuufffff. Pobre Raquel. No va a ser fácil —comentó Pablo cuando levantó la mirada.

—Los comentarios sobre Tommy destacan que era divertido, que le iba la marcha y que era buena gente. Omar asegura que era muy «amigo de sus amigos» y que a veces tenía «prontos». Tampoco sé cómo interpretarlo, imagino que, de vez en cuando, se cabreaba. Omar es tranquilo, casi impasible, ya lo conoces. Quizás vio a Tommy discutir con alguien. Probablemente no signifique nada.

—¿Puedo leerlos?

Asentí. Maribel, Ricard y yo habíamos redactado el comunicado el día anterior y algunos medios lo difundían ya. No los necesitaba.

PABLO

La clase del viernes a última hora es la peor de la semana y siempre «tiende a infinito». Así lo afirma Paco Carpio semanalmente justo antes de enfrentarse a un grupo de segundo especialmente complicado. Es algo que adviertes en seguida, durante la primera semana de trabajo. El resto de tu vida laboral, estés donde estés, servirá para confirmar la sospecha. La peor de la semana.

Tenía por costumbre reservar ese día y esa hora para proyectar unas cuantas obras de las que forman parte de la programación de Historia del Arte. Una toma de contacto antes de analizarlas con calma durante los días siguientes. Dejaba que los alumnos miraran y observaran detenidamente. Hablábamos sobre lo que iba proyectando, sobre el marco general de las obras y sobre sus propias impresiones al respecto.

El gótico me permitía, por primera vez a lo largo del curso, presentar pinturas que los alumnos ya percibían como modernas. *El matrimonio Arnolfini,* del flamenco Van Eyck, y sobre todo el tríptico de *El jardín de las delicias,* de El Bosco, eran cuadros que suscitaban opiniones diversas y, muy a menudo, enfrentadas. El Bosco era una baza segura. Fue un pintor singular, controvertido, y su obra seguía pareciendo atemporal.

Sabía que, cuando la proyectara, en especial la tabla central que recrea la vida terrenal y que es un verdadero delirio de frenesí y libertinaje, y la tabla de la derecha, que presenta un infierno atroz para quienes pecaron en vida, la clase se haría llevadera, incluso divertida. Los sesenta minutos de infinito se acortarían y nos sorprendería el timbre que indicaba que la semana había acabado.

Sin embargo, nada pasó como había previsto. Con *El jardín de las delicias* en pantalla y, tras la primera y lógica reacción de sorpresa y escándalo ante la profusión de cuerpos desnudos, Houda señaló la pintura. Intentó hablar, pero apenas consiguió emitir un susurro:

—Pablo. Mira. No puede ser. Es…

Se había llevado la mano a los labios para retener un grito. Parecía aterrorizada, como si pudiera ver en la pantalla algo que se nos escapaba, una escena pavorosa que nadie más podía contemplar. Como si asistiera a la visita de una aparición.

—¿Qué pasa, Houda?

Señaló la parte inferior de la tabla central mientras Marta Correa, a su lado, retiraba la silla sin miramientos, se ponía en pie, se acercaba a la pantalla y gritaba:

—¿No lo veis? ¿Estáis ciegos?

—Es verdad. Tiene razón —añadió Arnau—. Son ellos. Igual que ellos.

—¿Igual que quién? ¿De qué estáis hablando? —pregunté.

No comprendía nada y estaba a punto de reprender a Houda y de ordenar a Marta que volviera a sentarse.

—Tommy y Claudia. Estaban así, como esos dos. En la misma posición.

Cuando por fin logré entender de qué hablaban, comprobé, estupefacto, la exactitud de la observación de Houda. En la tabla central, en primer plano contemplé los cuerpos colgando de dos jóvenes desnudos que parecían sostenerse de manera extraña. La similitud con la posición de los cadáveres de Claudia y de Tommy era evidente. ¿Una macabra coincidencia?

Hice cuanto pude por pasar a la tabla lateral. No fue posible. A Marta los ojos se le llenaron de lágrimas y salió de la clase en compañía de Houda. Cuando minutos después sonó el timbre y los alumnos abandonaron el aula, yo valoraba ya la posibilidad de que no se tratara de una casualidad. Avancé pasillo adelante verdaderamente alarmado. Juraría que mi estómago se había anudado y que alguien tiraba de los extremos. Sentí náuseas y abandoné el instituto tan deprisa como pude. Con el casco encajado en la cabeza y el motor encendido le envié un mensaje a Empar:

—Ha pasado algo. Tenemos que hablar.

En las pantallas de sus móviles los alumnos se mostraban ya unos a otros el parecido y en pocos minutos el centro entero reconocería la analogía. Escalona no tardaría en saberlo.

No me atrevía a pensar en la conclusión a la que podía llegar el policía.

EMPAR

Me acerqué a conserjería. Necesitaba las fotocopias que había solicitado unos días antes. Cosme no me saludó ni me recordó los días que faltaban para su jubilación. Parecía ausente, tenía los labios fruncidos y la mirada fija en el teclado del teléfono. No era buena señal.

—¿Tú también? Aquí todo el mundo pide y nadie da nada. Llaves, fotocopias, papel, rotuladores... Todo el día igual. Que si Cosme esto, que si Cosme aquello. Ni que os hubiera hecho la boca un fraile.

—No te preocupes. Si no están, me las arreglaré —dije iniciando un cambio de rumbo y poniendo proa a la sala de profes para escapar a su enfado con el mundo.

Podía improvisar y no tenía el cuerpo para disputas.

—Perdona, Empar. Es que Mónica no está. Ha ido al médico y todo me toca a mí. No sale del médico. Ni que estuviera tísica.

Cosme bajó la voz y me indicó que me acercara. Entré en la garita.

—Es que estoy nervioso. No puedo evitarlo.

Aunque no podía imaginar las razones de su intranquilidad, asentí esbozando media sonrisa y un gesto de complicidad. Era una manera eficaz de animar a un interlocutor cualquiera a seguir hablando, fingir empatía. Cosme no era una excepción.

—Ayer la Policía volvió a interrogar a mi hijo. No sé qué es lo que buscan. Los han interrogado a todos. Uno por uno. Algún chaval del equipo les dijo que al acabar el entrenamiento Víctor discutió con Tommy. Nada. Unos minutos. Por las jugadas, por la táctica... Tommy lo discutía todo, se quejaba del material, de sus compañeros... Creía que era la estrella del equipo, el *crack*, y nada le parecía bien. Discutían casi cada tarde.

Mi gesto ahora fue de extrañeza. Cosme no lo advirtió.

—Y si Víctor lo aguantaba era porque el chaval era el mejor. Podía jugar en muchas posiciones y tenía fondo. No podía prescindir de él.

—Cuando hablé con Víctor no me dijo nada de ninguna discusión —comenté algo molesta.

—No. Y a la Policía tampoco, no se atrevió, por eso desconfían de él. Mi hijo no tiene cabeza. Le entró miedo y prefirió no decir nada para que no pensaran nada raro. Ni a ti ni a nadie. Yo me enteré ayer. Y ahora... Ahora está que no vive. Piensa que sospechan de él. No se lo quita de la cabeza. Si lo vieras... Pero como te lo digo: ni cabeza ni malicia.

—Es absurdo. No creo que deba preocuparse, no se sostiene. La Policía lo entenderá. Nadie mata por una cuestión de táctica.

—Eso es lo que yo le digo. Que no se agobie. Pero le tuvieron allí un par de horas, lo pasó mal, se puso nervioso y ahora creen que puede ocultar más cosas. Está hecho mierda y yo también. No puedo pensar en otra cosa. Estos asuntos nunca sabe uno por dónde van a salir. Por menos de nada estás en un lío de cojones. Y mi hijo tiene planta, pero no tiene aguante. Ninguno. Es como su madre, se derrumba a la primera de cambio.

Y en un susurro apenas audible:

—Pero si lo acusan voy a comisaría y largo lo que haga falta. No me callo nada. Mi hijo no va a pagar las culpas de nadie.

Mientras hablaba, Cosme observaba el patio. Parecía abstraído.

—¿A comisaría? ¿Qué quieres decir con eso, Cosme? Si sabes algo, creo que deberías...

Me miró como si acabara de verme. Inclinó la cabeza. Reflexionaba.

—No. Nada. Cosas mías. Yo lo traje aquí y se lo presenté a Adriana. De no ser por mí... No puedo tolerar que vayan a por él, Empar. Si sigue presionando a mi chico, ese Escalona me va a oír. No puede acosar a un chico tan joven. No hay derecho. Y si es necesario, cojo la baja y aquí os quedáis —añadió.

Me apoderé de las fotocopias y abandoné la conserjería y a su iracundo ocupante. A mi espalda pude oír a Cosme rezongar:

—Al carajo con todo.

Antes de entrar en el aula, anoté las palabras de Cosme que permanecían vivas en mi memoria.

CAPÍTULO 7

PABLO

Los grupos de tercero acostumbran a ser los más difíciles. Treinta alumnos por clase entre los que se encuentran chicos que alcanzan el metro ochenta y que se comportan como solo esperas que lo hagan los niños de corta edad junto a aquellos que aguardan el anhelado estirón para dejar de parecer unos críos. Y entre todos ellos algunas chicas que juegan a quemar los días. La adolescencia no solo es difícil, es contradictoria, intensa, luminosa. Da miedo.

Nada más abrir la puerta del aula comprendí que aquel lunes se presentaba complicado y que se torcería sin remedio. Es difícil explicar el motivo, quizás las razones fueran varias. En todo caso no ayudó que alguien hubiera vaciado el contenido de la papelera frente a la puerta ni que Gerard Castaño y Carlos Salcedo jugaran a fútbol con un estuche ajeno mientras su propietaria gritaba como si le arrancaran la piel. Tampoco que yo apenas hubiera dormido un par de horas la noche anterior ni que al salir de casa hubiera recibido la llamada de Escalona que me anunciaba que quería verme en el instituto cuando acabaran las clases.

Acababa de conseguir que se sentaran con un par de voces y el gesto de ira que reservo para estas ocasiones y dejaba ya mis cosas sobre la mesa cuando David Reguant se acercó con la cantinela de siempre:

—Profe, ¿puedo ir al lavabo?

—Aguántate, David. No hace ni cinco minutos que habéis vuelto del patio. Podías haberlo pensado antes.

—Pero es que tengo ganas ahora.

—No es no, David. Ya vale. Cada día lo mismo. Llevamos cinco minutos y no he podido empezar la clase.

David simuló rendirse y se batió en retirada renegando. Aparenté no oír nada y levanté la mirada. Solo un puñado tenía el libro sobre la mesa. Me sentía irritado, enfadado con el mundo y con ellos. Apenas conseguía reconocerme a mí mismo.

—Y los demás, ¿a qué estáis esperando para abrir el libro?

—¿Qué página? —preguntaron dos a la vez.

—Lo he dicho ya tres veces. Incluso lo he escrito en la pizarra al entrar. Aquí. ¿Está claro? —contesté desabrido golpeando la pizarra por debajo del 97 que había trazado un par de minutos antes.

—Yo me lo he olvidado en casa.

—Pues que Alba lo comparta contigo.

Enric Roig dejó caer el libro al suelo.

—¡Joder! —exclamó antes de inclinarse a recogerlo.

—A mí me lo han robado.

—Cada lunes te lo roban y cada martes milagrosamente lo recuperas, Sara. Cállate ya y no perdamos más el tiempo —ordené como si ignorara que para algunos de mis alumnos cada minuto sin clase es un minuto ganado a la vida.

—Bueno, vale, profe. Tranqui, no te pongas así que no hay para tanto —replicó ofendida.

—Es que siempre es lo mismo. A ver, allá atrás, Alba, Yassin y Angie: ¿os calláis ya? ¿Podemos empezar la clase?

—Pero ¿por qué siempre me miras a mí? Yo estaba callada. Es Yassin que me preguntaba una cosa, yo solo le estaba contestando.

—Bueno, ya me he cansado. Si sois incapaces de escuchar, os vais a poner a trabajar. Los cuatro ejercicios de la página 97. Y copiáis el enunciado. Siempre se copia el enunciado. Al acabar la clase los pediré uno por uno. Y mañana examen de los temas cinco y seis del libro. A mí me pagan por dar clase. No por aguantar tanta tontería.

Se elevaron las protestas que se prolongaron hasta que, cada vez más enojado, amenacé con añadir otro tema.

—¿Se copia el enunciado? —preguntó Pol Casares en voz baja con el único propósito de molestar y de provocar alguna sonrisa.

Hice ver que no lo había oído. También la sordera selectiva se adquiere con los años.

Miquel Soler, sentado en la primera fila, me miraba como si no fuera el profe de Sociales el tipo impaciente y malhumorado que se disponía a pasar lista. Justo detrás de él, Mireia Sanromà preguntaba a su compañera:

—¿De qué va?

Suspiré y apreté los puños bajo la mesa.

EMPAR

Me gusta la demografía. A mis alumnos no tanto. Explicar la evolución de la población de los países desarrollados a los alumnos de segundo de Bachillerato no acostumbra a ser una clase especialmente atractiva. Líneas de evolución que discurren a lo largo de los siglos, índices de natalidad y de mortalidad que varían en función de circunstancias de todo tipo y la siempre ingrata sensación de que el interés es escaso. El asunto empeora cuando uno de los sitios de la segunda fila permanece vacío. Ignoro si han llegado a un pacto a modo de recordatorio, pero ninguno de los compañeros de Claudia ha vuelto a ocupar su mesa en el aula. Y, a pesar de que ni el tema ni el contexto acompañaban, aquella clase resultó una de las más alentadoras del curso. No hubo protestas ni gestos de hastío. Tampoco intentos de mirar el móvil. Si los hubo, me pasaron desapercibidos. Algunos de mis alumnos formularon preguntas oportunas y alcanzaron a verbalizar conclusiones válidas.

Abandoné el aula reconciliada con la profesión. Probablemente sonreía mientras avanzaba pasillo adelante. Lo hacía a menudo cuando tenía la sensación de que las cosas salían bien y de que el sistema funcionaba. Ser profesora de secundaria tiene momentos duros, angustiantes, puede acabar con tu salud, pero también proporciona satisfacciones inmensas. Se parece mucho al curso de una vida.

Justo en el arranque de las escaleras que conducen al piso inferior, Jordi Grau se acercó a mí. Aparentó un encuentro casual. Saltaba a la vista que no lo era. Había sustituido en el cargo de jefe de estudios a la veterana Ángela Martín, que se había jubilado a principios de año y solo llevaba unos meses ejerciendo. Jordi andaba algo escaso de confianza, a menudo titubeaba e intentaba suplir la seguridad que tanto necesitaba utilizando frases interminables que formulaba en el lenguaje oficial empleado por los gurús del Departament d'Ensenyament y que, en ocasiones, sonaban a pura verborrea. No siempre resultaba comprensible. A menudo sus parrafadas quedaban en suspenso por el desinterés manifiesto de su interlocutor. Muchos alumnos rehuían su presencia para no aguantar sermones que no acababan nunca y que dejaban de escuchar en el minuto cero.

—Es joven y le gusta el cargo. Aprenderá —le había comentado a Pablo poco después de conocerlo. Ya no estaba tan segura.

—Empar, ¿podemos hablar un momento antes de que te vayas?

—¿No puede ser ahora? A la salida me esperan, he quedado para comer.

No era cierto, pero era una manera como cualquier otra de exigir brevedad.

—Bueno, yo tengo una reunión dentro de cinco minutos con las profesionales y los profesionales del EAP y del EAIA. Están convocadas también las dos psicopedagogas. Hemos de constituir la Comisión de Convivencia y nombrar un mediador que interactúe con las familias.

—Pues dímelo rápido —atajé.

Me hastiaba la jerga para iniciados y no necesitaba explicaciones.

—No sé si... —dudó—, quería hablar sobre lo que estáis haciendo Pablo y tú sobre... Ya sabes, después de la muerte de Tommy y de Claudia.

—¿Qué estamos haciendo?

Aparenté ignorancia total. No fue difícil. Ignoraba a qué se refería exactamente.

—Será mejor que me acompañes al despacho. Le diré a Mónica que avise de que me retrasaré un poco. Ya me esperarán —añadió bajando la vista.

Se sentía algo más incómodo de lo habitual.

No repliqué. La curiosidad es uno de mis vicios veniales.

Me indicó que me sentara.

Obedecí.

—Imagino que sabes que la inspectora le sugirió a Pablo que pidiera una baja, pero que Pablo se negó.

—No está enfermo.

—No, no lo está. Ya lo sé.

—¿Por qué iba a necesitar una baja?

Carraspeó.

—Que no esté enfermo no quiere decir que no le convengan unos días de... —buscaba la palabra.

—¿Alejamiento? ¿Distancia? ¿Salir de plano? ¿Fundir a negro? —sugerí. Empezaba a intuir el curso probable de la conversación.

—No son las palabras que yo emplearía. Quería decir descanso, tranquilidad… Creo que debería pensarlo. Tú le conoces bien. Hoy un chico de tercero, Miquel Soler, me ha comentado que tenían clase después del patio y que estaba de muy mal humor. Que parecía enfadado y que les ha puesto un examen sorpresa para mañana. Es uno de los alumnos que me merece…

—Llámalo como quieras, pero si les ha avisado no es un examen sorpresa. ¿De 3° C?

Asintió.

—¿Y te extraña? Si Pablo es de los pocos que consigue dar clase en ese grupo.

—Por eso he pensado que debía hablar contigo, porque sé que no es normal. Se lleva bien con los alumnos, tiene buena relación. Miquel me ha dicho que no parecía él, que estaba raro. Igual todo este asunto…

—No creo que por un mal día y por el comentario de un alumno…

—También he sabido que andáis haciendo preguntas. A los chicos, a Jesús, el de la obra…

—Podías haber empezado por ahí —le interrumpí.

—Creo que deberíais dejar todo esto en manos de la Policía.

Se interrumpió. La conversación le resultaba embarazosa. A mí también, pero disimulaba algo mejor.

—Es lo correcto. No me parece una buena idea que andéis… Después todo son rumores y malentendidos. Y sé que Adriana piensa como yo.

—Seguro que la inspectora también estará de acuerdo —comenté con acritud.

Se tensó visiblemente mientras le sostenía la mirada como si aguardara un desenlace. Como era de esperar el jefe de estudios se impacientó y siguió hablando. Jordi

Grau es el tipo de persona que no soporta los silencios. Si algo he aprendido tras años de escribir novela negra y de comprobar por mí misma algunas de nuestras afirmaciones más habituales, es que hay sujetos a los que el silencio les violenta hasta el punto de no tolerarlo.

—Este tema nos ha hecho mucho daño. Y no solo ha sido la muerte de esos chicos. Cada día estamos en la prensa, y no todo lo que dicen es cierto. Ya sabes cómo va. Teníamos buena reputación en el barrio, nuestros resultados en las pruebas de competencias son satisfactorios, estamos impulsando proyectos, tenemos en marcha planes de mejora y de excelencia... Podemos perder el buen nombre. Y cuesta años levantar el nombre de un centro público. No es justo.

Y no le faltaba razón. No era justo.

—Todo esto puede afectarnos negativamente, nos perjudica. Y mucho. Los padres están inquietos y los que pensaban traer aquí a sus hijos se lo están pensando. Y soy el primero en entenderlo. Por eso estás aquí, porque creo que tú también lo comprenderás. Dentro de unos meses los alumnos buscarán centro y todo el mundo recordará lo que pasó en la sala de actos. Por eso creo que es mejor no remover las cosas desde dentro. Mejor dejar el asunto a la Policía y a los expertos del Departament.

Ignoraba que el Departament tuviera expertos en asuntos tan sórdidos, pero decidí reservarme el sarcasmo y no contrariar todavía más a mi interlocutor.

—Y si lo que pensáis hacer es escribir algo...

Se le resistió la palabra *novela.*

—Algo que guarde relación con lo que ha sucedido, no tendremos ninguna oportunidad. La gente no olvidará, el tema de los asesinatos volverá al barrio y quizás a los medios. La matrícula bajará y el centro caerá en picado durante años.

—El apocalipsis.

No siempre sé retener una observación destemplada.

—No es una broma. Del número de alumnos depende…

—Lo sé. El comentario ha sido desafortunado —admití—. Pero todo dependerá del resultado de la investigación. ¿No crees?

Me levanté sin comprometerme a nada. Me despedí de Jordi Grau y, al salir de nuevo al pasillo y ver a Pablo que abandonaba el instituto con rostro abatido, comprendí que el día no se enderezaría.

PABLO

Unos treinta minutos después de la hora habitual decidí dejar de esperar y abandonar el instituto. Tenía el humor de un perro apaleado y parecido estado de ánimo. Estaba agotado y solo pensaba en llegar a casa y dejar atrás las aulas y a sus ocupantes. Me disponía a coger la moto cuando vi que el subinspector Escalona descendía de un coche no logotipado, cruzaba la calle a buen paso y se dirigía al centro. Me apresuré a ponerme el casco y preservar mi identidad. Si todavía no me había visto, tal vez podría evitar el encuentro. Mi reserva de paciencia estaba en las últimas.

Como si hubiera detectado mi maniobra y pudiera anticipar mis movimientos, Escalona levantó el brazo y lo agitó en el aire. Señal inequívoca de que esperaba poder hablar conmigo. Me desprendí del casco y aguardé. No me quedaba alternativa. Empezaba a sentirme acosado por el policía.

—¿Ya se iba? Le dije que pasaría para hablar con usted —preguntó con extrañeza y con el tono del que ostenta la superioridad moral.

A punto estuve de disculparme. No lo hice.

—Lo sé, estuve esperando, pero pasa un buen rato de la hora. Pensé que había cambiado de opinión.

—Lo siento, tenía que acabar un informe y no he podido… —dejó la frase a medias—. Pensaba que no se iba usted hasta que acabaran las clases. No sé muy bien cómo funciona un instituto. No le entretendré mucho, son solo un par de preguntas.

—Dispare.

Mi ocurrencia no solo no le hizo gracia, diría que le resultó irritante e inapropiada. Bajé la vista y a punto estuve de asegurar que lo lamentaba. Sus palabras me lo impidieron. La conversación no empezaba con buen pie.

—Creo que usted fue tutor de Tommy el año pasado y pensé que quizás podría decirme algo sobre eso que llaman «Trabajo de Investigación» que hacen los alumnos de Bachillerato. ¿Se llama así?

Asentí.

—La verdad es que no domino estos temas y me gustaría saber un poco más.

Me sorprendió su curiosidad, no imaginaba ninguna posible relación con lo sucedido. La respuesta difícilmente podía ser breve y me incomodaba mantener aquella charla a la vista tanto de los alumnos que entraban o salían del centro como de mis colegas que pronto acabarían la jornada laboral. No necesitaba más rumores de los que ya debían circular respecto a mi persona y a mi vinculación con el caso.

Con la esperanza de que fuera cierto que solo pensaba formular un par de preguntas, intenté responder con la mayor precisión.

—Cada alumno escoge un tema durante el primer curso o bien se le propone uno que le pueda interesar. Con ayuda de un tutor, busca información, analiza y redacta un trabajo que, cuando llegue a segundo, expondrá delante de un tribunal. Es un proceso que dura meses, pero no veo cómo…

—Tommy investigaba sobre los niños robados. ¿Lo sabía? El tutor que le supervisaba el trabajo vino a hablar conmigo. Parece ser que estaba muy motivado por el tema, como si tuviera un interés personal.

—La verdad es que no me suena. Tommy repetía primer curso. Cuando yo fui su tutor el año pasado lo suspendió casi todo, apenas hizo nada, fue una especie de año sabático. No recordaba ni que hubiera elegido un tema.

Me encogí de hombros. No comprendía adónde pretendía ir a parar.

—Obsesión fue la palabra que usó el profesor. Dijo que parecía algo obsesionado. Investigaba el robo de niños nacidos en Barcelona a mediados del siglo pasado. Había conseguido documentación sobre hospitales y congregaciones religiosas involucradas en la desaparición de recién nacidos. Usted lo conocía. ¿Se le ocurre algún motivo por el cual pudiera sentirse interesado por un tema tan delicado? ¿Algún tipo de implicación personal?

Plantado delante de mí el policía me observaba como si, tras atravesar mi cerebro con la mirada, pudiera leer mis pensamientos en la parte más alejada de mi cráneo. No tenía nada que ocultar, podía responder con la verdad. Aun así, bajé la mirada como si el gesto me ayudara a reflexionar.

—Creo que no... Aunque... Pero no sé si tiene alguna relación. Creo recordar que su madre perdió un bebé en un parto. Eso es lo que me explicó el año pasado. Sí, creo que pasó algo así, pero no sabría decirle si eso ocurrió antes o después de que naciera Tommy. Diría que fue en Bolivia, antes de que la familia llegara aquí, pero no tengo la seguridad.

Escalona sacudió la cabeza antes de fijar la mirada.

—¿Toman ustedes notas de las entrevistas?

Asentí.

—Casi siempre.

—Es decir que quizás conserve usted…

—Están todas en su expediente.

—Gracias. Enviaré a alguno de mis hombres a revisarlas y a hablar con la madre.

Cargaba con el casco, la cartera y los guantes y me sentía incómodo y algo violento. Casi sin darme cuenta, me alejé un paso, un paso corto. Escalona interpretó que me disponía a marcharme.

—Otra cosa, Bonell.

Hurgó en el bolsillo de su pantalón unos segundos hasta dar con un sobre. Lo abrió y extrajo un papel doblado que desplegó ante mis ojos.

—Supongo que conoce esta pintura.

Era una copia salida de una impresora de baja calidad de *El jardín de las delicias.* En la parte inferior, una ampliación de los personajes centrales cuya disposición tanto recordaba a la de los cuerpos de los chicos asesinados.

No pude evitar el vuelco en el estómago. Con toda seguridad Escalona, que no dejaba de observarme, detectó mi sobresalto.

—Sí, perfectamente. Lo pintó un autor flamenco, Hyeronimus Bosch, el Bosco, a finales del siglo XV o principios del XVI. No existe acuerdo. En todo caso, hace mucho tiempo. Forma parte del temario de mi asignatura —contesté con toda la entereza que pude reunir.

La mirada de Escalona seguía hincada en mis pupilas. Guardó silencio unos instantes.

—Por lo que veo ya le ha llegado la información. Todo se sabe, ¿no?

—¿Pretendía ocultárnoslo? ¿No quería usted…?

Lo atajé.

—Mire, yo no pretendía nada. Nada en absoluto. Fui el primer sorprendido cuando comprobé que la imagen recordaba…

Permanecí unos segundos en silencio. El policía también.

—Era un comentario, solo eso. Por otra parte, es una obra muy conocida que está en el Museo del Prado. Quizás incluso usted la haya visto alguna vez.

Pasó por alto mi desafortunada réplica. Nada se alteró en el rostro del subinspector. Pensé que el policía tenía la piel dura.

—No me negará que el parecido es sorprendente. Parece difícil pensar que sea causal, ¿no cree? ¿Se le ocurre alguna explicación?

—¿A mí? Ninguna. El policía es usted.

Escalona advirtió en mis palabras cierto aire de desafío.

—Cierto, yo soy el policía y usted el profesor de arte de la chica asesinada. Tal y como yo lo veo, no tiene usted coartada para el día del crimen y, según puedo deducir por los indicios, quizás incluso podría tener un móvil.

—Pero... Es absurdo. Usted lo sabe. Hace que una cosa sin importancia parezca un crimen.

—No es lo que sabemos, es lo que intuimos que no sabemos lo que acabará por desentrañar esta historia. Siempre es así. Las cosas que desconocemos acaban por salir a la luz. Si no ocurre así siempre podemos...

—¿Me está acusando de algo? ¿No creerá que si yo hubiera cometido el crimen iba a dejar pistas para que pudieran imputarme? ¡Una pintura! ¿Tan imbécil cree que soy? —pregunté indignado— ¿Tan estúpido le parezco?

—Yo no creo nada. Pregunto, observo... Y si todo va bien...

Se alejó sin acabar la frase.

Tardé unos instantes en recuperar la compostura y algo más en subir a la moto y desaparecer.

CAPÍTULO 8

EMPAR

Salí al pasillo cuando sonó el timbre. No pasé por el departamento como acostumbraba a hacer. No tenía hora de lectura, pero necesitaba unas fotocopias para la clase siguiente y, con la impedimenta de siempre entre los brazos, me uní a la riada de alumnos que bajaba las escaleras camino de su aula y que se enfrentaba a otra de similares proporciones que intentaba subir. Los gritos habituales, los no menos habituales empujones que se resuelven con falsas reyertas y las imprecaciones que, a fuerza de repetirse a diario, dejan de serlo. Nada nuevo. Pensé que la vida en el instituto se recuperaba y que las cosas volvían lentamente a su cauce. Me preguntaba si debía alegrarme de ello cuando una de mis alumnas se plantó delante de mí seguida de cerca por otra, algo más juiciosa, que intentaba retenerla.

—Profe, ¿tienes los exámenes?

Sonreía e inclinaba la cabeza al tiempo que levantaba el hombro derecho. También ella dominaba las estrategias para procurarse la necesaria empatía.

—Hola, Abril. Buenos días. Sí, los tengo. Los entregaré después en clase.

—¿He aprobado?

—Abril, creo que me has entendido. Los daré dentro de un rato. Siempre los entrego todos a la vez.

—Pero ¿he aprobado o no? ¿Qué te cuesta, Empar? Estoy de los nervios —insistió con aire consentido—. No se lo diré a nadie. Te lo juro —añadió mientras su amiga tiraba de ella. Me conocía. Intuía que no había nada que hacer.

—No me jures nada. He dicho que los daré en clase y no te lo voy a repetir —Tampoco recordaba con exactitud la nota del examen de Abril.

—No hay derecho.

—Ese es tu punto de vista.

Continué bajando hasta alcanzar la planta baja. Abril, en un susurro, añadió alguna cosa que no quise oír. Mejor así. Me crucé con Mónica, que no tenía buena cara.

—¿No estás mejor?

—No. Estoy hecha polvo. No me quito de encima el constipado y no tengo fuerzas para nada.

Tenía el rostro macilento y oscuras ojeras en los párpados inferiores. Incluso el mechón de un rojo intenso que le caía sobre la frente parecía haber palidecido. Caminé junto a ella hasta alcanzar la conserjería. Esteban Torres y Cecilia Beltrán esperaban junto a la puerta.

—Mónica, ¿has visto a Cosme? —preguntó Esteban sin más preámbulos.

—Andaba por aquí hace un rato. Me ha dicho que han vuelto a colgar la pelota. Creo que ha subido a buscarla. Nunca quiere que vaya yo. Es muy bruto, pero lo hace por mí. Como si no supiera subir al tejado.

—Pero hace más de una hora que ha acabado el patio —observé.

—Se habrá entretenido por ahí…, ya lo conoces. Además, no tenía un buen día, estaba de un humor de perros. Igual ha ido a por un café.

—Dejo aquí el original, las fotocopias son para mañana. Es un control. En cuanto las tengas las dejas en mi bandeja. No me fío de nadie —añadió girando la hoja para ocultar el texto.

El tono desabrido y nada amable de Esteban fue recibido por Mónica con una mueca de desagrado.

—De nada —susurró la conserje.

Mi compañero no lo advirtió. Tampoco parecía preocuparle suscitar animosidad.

—¿Sabes quién ha situado bien todos los países de Europa sin consultar nada? No te lo creerías. No lo dirías nunca. Creo que lo tuviste el año pasado —comenté por aligerar el ambiente.

En la mirada de mi compañero de departamento se despertó un ligero interés.

—Héctor Risueño. Es el único que no ha tenido ningún fallo. Es un fan de Eurovisión, lo sabe todo, quién representaba a cada país, qué posibilidades tenía, cómo anda todo de cara al próximo festival... Es increíble. Dice que es un «eurofan». Y no debe ser el único. Yo creía que...

—Increíble y perfectamente inútil. Como él.

Cecilia Beltrán añadió divertida:

—Yo acabo de leer que Estados Unidos lanzó la bomba de «Hiro China».

—Es lo que hay, una caterva de inútiles. Después nos extrañamos de que el país vaya como va. Lo extraño es que esto aguante —comentó Esteban antes de desaparecer pasillo adelante.

—Pues yo, por hoy, ya he aguantado bastante. He acabado mi última clase. Hasta mañana —se despidió Cecilia y nos regaló una sonrisa.

La seguí con la mirada. Cecilia era una mujer elegante, una de aquellas personas a las que todo les sienta bien. Sabía caminar con distinción y tenía buen carácter, nunca perdía la compostura. Impartía clases en el instituto desde su inauguración.

Se cruzó en la entrada con una mujer que renqueaba, agitaba los brazos en el aire como si se le escaparan las manos y profería gritos que no pude descifrar. Traía cara de espanto y parecía haber enloquecido. Cecilia se detuvo, la mujer cruzó el umbral sin dejar de gritar.

Mónica se acercó a ella.

Rondaba los setenta y apenas le quedaba color en el rostro. Había alcanzado la calle en zapatillas, sin abrigo ni bufanda, tampoco parecía haberse pasado el peine. Se llevó una mano al corazón y se inclinó sobre sí misma como hacen los corredores que acaban de cruzar la línea de meta. Se encontraba al límite de sus fuerzas. Cecilia, pasmada, observaba la escena desde la entrada. Cuando la desconocida levantó la mirada consiguió pronunciar:

—¡Hay una persona en el patio!

Y, como no hubo reacción por nuestra parte, añadió a gritos:

—Está tieso. Se ha caído.

—Perdone, pero… ¿usted quién es? No sé…

La mujer agarró a Mónica por el antebrazo. Parecía a punto de desplomarse.

—Lo he visto desde el balcón de mi casa, ahí en el pasaje… En la parte de atrás. Son las piernas de alguien. No se mueve. Está tieso.

La voz de la vecina se entrecortaba. No conseguía respirar y seguir hablando. Mónica la acompañó a uno de los bancos del vestíbulo mientras intentaba averiguar algo más.

—¿Lo ha visto desde su piso? ¿Y da al pasaje?

La mujer asintió. Había vuelto a llevarse la mano al corazón.

—Entonces será en el patio lateral. Es el único que puede verse desde el pasaje.

La conserje nos miró. Esperaba que la acompañáramos. Asentí y avisé a Grau al que había visto entrar en el despacho un par de minutos antes. Adriana hablaba por teléfono y nos pidió silencio.

Dejamos a la sofocada vecina respirando con esfuerzo y casi derrumbada sobre un banco acompañada por una de las secretarias.

—Ay, ay, ay… No quiero ni… —Mónica echó a correr sin acabar la frase y Cecilia y yo tras ella.

También yo había pensado en Cosme.

La seguimos.

Vi el cuerpo desplomado sobre el cemento al doblar la esquina. Mónica, que nos precedía, se había arrodillado junto a él.

—No, no. Cosme, no. No puedes… —balbuceaba.

El conserje permanecía boca abajo, los brazos a lo largo del cuerpo y las piernas ladeadas. Uno de sus zapatos se había desprendido y había quedado muy cerca de su pie. Una gran mancha de sangre circundaba su cabeza girada hacia nosotros como si Cosme nos mirara por última vez.

Esteban reaccionó muy rápido. Se acercó al cuerpo, le dio la vuelta, lo sacudió y trató de reanimarlo, incluso intentó un masaje cardíaco. Con las manos le limpió la cara ensangrentada mientras repetía su nombre. Me sorprendió tanta determinación en un hombre generalmente apático. Todo parecía en vano.

—Cosme, ¿me oyes? ¡Cosme! —gritaba mi compañero de departamento mientras Mónica, junto a él, temblaba de espanto.

Yo, que llevaba años describiendo cadáveres recientes, me quedé a pocos pasos, completamente inmóvil, paralizada por el horror. La realidad y la ficción distan un mundo. A mi lado, Jordi Grau se quitó las gafas, se llevó el dorso de la mano a la frente para retirar un rastro de sudor inexplicable y susurró:

—¡Dios santo!

—Está muerto —sentenció Esteban—. Esto sí que es

una verdadera cabronada. A pocos días de la jubilación, con un pie en la calle y… El pobre no pensaba en otra cosa.

—Pero… ¿qué ha pasado? ¿Le han atacado? —preguntó Grau.

Miré hacia arriba. Parecía lógico pensar que había caído desde la azotea del edificio a pesar de estar protegida por un murete de unos tres palmos, una estructura baja que delimitaba el perímetro.

Esteban también señaló en esa dirección.

—¡La puta pelota de los cojones! Mira que le dije que ya iría yo, que no me costaba nada. Nunca quiso que subiera yo —añadió Mónica sin dejar de llorar—. Lo hacía por mí.

Grau se hizo cargo de la situación.

—Mónica, llama a los *mossos* y a una ambulancia. Yo iré a buscar a Adriana. Empar y Cecilia, ¿podéis esperar aquí un momento? Vuelvo enseguida.

Cecilia negó. Estaba muy pálida, temblaba y parecía a punto de desplomarse.

—Voy a lavarme —anunció Esteban.

—Procura que no te vean. Sonará el timbre en quince minutos —advirtió Grau echando un vistazo a su reloj— y ya solo quedará una hora. Los alumnos no pasan por aquí cuando se van a casa, deberíamos intentar…

No continuó, no era necesario.

Cecilia se alejó con Jordi Grau. Estaba conmocionada. Lloraba en silencio y había observado que le temblaban las manos. Conocía a Cosme desde que ella entró a trabajar en el instituto recién licenciada, más de dos décadas de trato diario.

Me quedé a solas velando el cadáver. De pie en la zona más umbría del patio sentía las manos y los pies helados. Necesitaba el abrigo que seguía colgado de un perchero en el departamento.

Era la primera vez que me encontraba junto al cuerpo

de alguien que no hubiera muerto de enfermedad o de pura vejez. No me siento orgullosa de lo que hice, tomé una decisión difícil de justificar. No lo pensé dos veces. Saqué mi móvil y, mientras esperaba la llegada de la ambulancia, hice unas cuantas fotos desde diversos ángulos. También de la azotea vista desde el lugar de la caída. Solo un par de horas más tarde comprendí que esperaba poder enseñárselas a Pablo cuanto antes.

Adriana llegó justo cuando guardaba el móvil. No pudo verlo. Se llevó la mano a la boca para sofocar el grito. Aunque le habían descrito la escena nadie está preparado para enfrentarse a algo así. Mónica la seguía de cerca. Sollozaba.

—No sé si debo llamar a la familia —susurró la conserje cuando llegó a mi lado.

—Pobre Cosme. Tan cerca de la jubilación... ¿Ha caído desde la azotea? —quiso saber la directora.

Me encogí de hombros.

—Parece increíble. La azotea tiene un muro. No es muy alto, pero es bien visible. Cosme había subido mil veces. Es..., es...

Retiró un par de lágrimas que alcanzaban ya sus mejillas, sacudió la cabeza e intentó hacer frente a la situación. Era evidente que se sentía superada por las circunstancias. Suspiró.

—Llamaré a Ensenyament. No quiero ni pensar...

Mónica preguntó:

—¿Avisamos a la familia?

—Sí, no te preocupes. Me ocupo yo, Mónica. Llamaré a su mujer, nos conocemos y siempre será más...

Permaneció en silencio unos instantes sin separar la vista de la sangre. Parecía devastada. Probablemente lo estaba. El deber pesaba sobre sus hombros como la losa de una cripta.

—No podéis imaginar lo duro que es dar noticias así. Después de lo de esos chicos..., ahora esto. No acepté el cargo para algo así. Si lo hubiera sabido… Si hubiera… Creo que no puedo… —susurraba mientras con las manos sujetaba sus antebrazos, como si pudiera abrazarse a sí misma— Creo que no puedo —susurraba como en una letanía.

Tampoco ella había cogido el abrigo antes de abandonar el edificio y temblaba de frío y de dolor.

Se alejó.

Mónica permaneció junto a mí con los ojos arrasados. El charco de sangre había dejado de crecer y parecía cada vez más oscuro.

—Me quedo contigo. Es lo único que puedo hacer por él. No te lo creerás, ya sé que no tenía buen carácter, que podía ser muy borde, pero a veces, cuando se le iba el santo al cielo, me llamaba hija.

Con la voz rota añadió:

—Nunca me dejó subir a la azotea.

PABLO

Mientras mis alumnos señalaban sobre un mapa la trayectoria de las naves esclavistas que suministraban mano de obra a las plantaciones de las primeras colonias americanas, yo continuaba recordando palabra por palabra la conversación mantenida con Escalona el día anterior. No conseguía olvidar sus insinuaciones. Había pasado la noche pensando en los asesinatos, en la pintura de El Bosco y en las sospechas absurdas que empezaban a recaer sobre mí. Apenas había conseguido dormir un par de horas.

No creía tener enemigos. Sin embargo, estaba claro que podía equivocarme.

Necesitaba con urgencia descargar la mente y airearme. Pensé en salir de la ciudad durante el fin de semana, podría caminar o pedalear hasta caer rendido. Precisaba que la fatiga física sometiera a mi mente en rebeldía.

Gerard Altadill se levantó para entregarme el mapa. Le indiqué con un gesto que podía dejarlo sobre mi mesa y me puse en pie. Una alumna guardó el móvil que acaba de sacar y lo hizo a la velocidad de la luz, como una buena ilusionista. Ahora está, ahora no está. No me di por enterado. Me sentía impaciente y angustiado y no necesitaba más problemas.

Allison Díaz me interceptó en el pasillo lateral y me pidió permiso para ir al lavabo. Asentí. También ella necesitaba airearse.

Me acerqué a la ventana.

Una ambulancia amarilla y anaranjada estacionaba en aquel momento sobre la acera y un par de sanitarios atravesaban la verja a la carrera cargando con una camilla portátil. Pensé en un ataque de ansiedad o en una crisis asmática. No era la primera vez. Aunque por las prisas, y porque pude ver que Jordi Grau les esperaba en la puerta del centro, quizás fuera algo más grave.

No me equivocaba. Justo a unos metros se detuvo poco más tarde un vehículo logotipado de los *mossos d'esquadra* y tres agentes, dos de ellos uniformados, descendieron con prisas y se internaron en el centro. Me sobresalté. Recordaba al corpulento policía que no vestía uniforme, acompañaba a Escalona en sus visitas al centro, era el sargento Guerao. Se me aceleró el corazón y el estómago experimentó un espasmo. La constatación de la presencia de la Policía en el instituto no resultaba tranquilizadora.

Nunca entraba con mi móvil en clase. Siempre había sido partidario de que, si los alumnos no debían utilizarlo, los profesores tampoco. Sin embargo, aquel día no había recordado dejarlo en el departamento. De hecho, apenas lograba concentrarme en lo que hacía. Se me acumulaban los exámenes por corregir y tenía la cabeza hecha un verdadero lío. Palpé mi bolsillo trasero, lo llevaba encima. Respiré hondo varias veces y, dando la espalda a mis alumnos y sin perder de vista el patio, envié un mensaje a Empar:

Pablo

Ambulancia y policía.
Dónde estás?
Qué ha pasado?

Esperé.

EMPAR

Pocos minutos después llegó Jordi Grau acompañando a los sanitarios. Uno de ellos se acercó al cadáver, intentó localizar el pulso. No lo había. Con un gesto constató el fallecimiento. Cuando se puso en pie se nos aproximaban ya tres *mossos d'esquadra*. Dos de ellos, uniformados. Reconocí al hombre de confianza de Escalona, era el que vestía de civil. Fue él el que asumió el control de la situación. Se dirigió a los camilleros:

—No toquen nada. Esperaremos al forense y al juez que autorice el levantamiento.

Asintieron. Uno de ellos se alejó unos metros y encendió un pitillo.

—¿Quién lo ha encontrado?

—Una vecina lo vio desde el balcón y vino a avisar. Las ventanas de las aulas no dan aquí. —Y Grau señaló el muro ciego—. Empar estaba en conserjería cuando llegó, ella les explicará.

—Estaba en conserjería con dos profesores más, Esteban Torres y Cecilia Beltrán, y con Mónica, la conserje.

La mujer llegó corriendo, estaba muy alterada, no conseguía explicarse. No le preguntamos cuál era su piso, pero no será difícil... Aún debe estar en el vestíbulo.

El agente asintió.

—Llamamos a Jordi y vinimos todos hacia aquí. Enseguida vimos que era Cosme.

—¿Han tocado algo?

—Sí, claro. Estaba boca abajo. Un profesor le dio la vuelta. Necesitábamos saber si estaba muerto o si aún podíamos hacer algo. Esteban hizo lo que pudo, intentó reanimarlo.

Guerao, el agente cuyo apellido recordé en aquel momento, miró hacia arriba.

—¿Qué hacía allí? Porque es desde allí desde donde cayó, ¿no?

Jordi Grau recogió la pregunta:

—Había ido a recuperar una pelota que un chico había colgado. Pasa de vez en cuando. Cosme había subido muchas veces a la azotea.

—No parece fácil. Un tercer piso es una altura considerable —observó Guerao.

—Yo diría que algunos lo hacen a propósito. Estoy seguro de ello. Chutan tan fuerte como pueden y luego piden permiso al profesor de guardia, se acercan a conserjería y esperan a que Cosme suba o los mande a clase. Siempre pierden unos minutos. Cuando estaba muy harto, Cosme tardaba un par de días en bajar la pelota para evitar que la historia se repitiera continuamente.

—¿Puedo subir a echar un vistazo?

—Desde luego.

Y dirigiéndose a los *mossos* de uniforme:

—No se muevan de aquí y que nadie toque nada.

Justo en ese momento sonó el timbre del cambio de clase. Di un respingo. También el sanitario que había permanecido cerca del cadáver. Grau consideró que no era el mejor momento para que Guerao atravesara los pasillos repletos de alumnos y sugirió que esperase unos minutos, los suficientes para que los corredores quedaran despejados. El agente aceptó.

—Empar, ¿tú tienes clase?

—Ahora tengo guardia —respondí esperando que alguien me autorizara a regresar al edificio antes de que me echara a temblar.

—Hoy no falta nadie. Si te parece acompañas tú al inspector. La puerta de acceso es la que está justo al lado del aula de Visual y Plástica en el tercer piso. Mónica te dará la llave, está en el armario con todas las demás.

Miró a Cosme y añadió como respuesta a la pregunta que nadie había formulado:

—Sí, allí estarán. Con las demás. Cosme tenía su propio juego con todas las llaves. Siempre lo llevaba encima.

Permaneció en silencio unos instantes. Ordenaba sus pensamientos.

—Me quedaré con Adriana, no tardará en llegar la familia de Cosme, la inspectora… va a necesitar…

No acabó la frase. No era necesario. Iba a necesitar coraje, mucho coraje.

Mi móvil vibró en el bolsillo. Me giré y comprobé que había recibido un mensaje de Pablo. Decidí esperar a quedarme a solas antes de responder.

Nos alejamos en dirección al edificio. Me sorprendió comprobar que el día, que había amanecido soleado, se oscurecía con rapidez según se aproximaba un puñado de nubes del mismo color que el cemento sobre el que Cosme iniciaba ya su sueño eterno. Si hubiera confiado en la divinidad, en cualquier divinidad, hubiera rogado que la lluvia aguardara a que el cadáver fuera retirado. No era el caso.

Cuando en el interior del edificio se hizo el silencio acompañé a Guerao a la azotea. Los pocos alumnos con los que nos cruzamos no parecieron extrañarse. El agente, con abrigo oscuro y bufanda al cuello, bien hubiera podido ser un profesor.

Mientras intentaba abrir una cerradura que se nos resistió durante un par de minutos ambos asistimos, espectadores ocasionales, a la conversación que profesora y alumna mantenían en la puerta del aula de Visual y Plástica.

—¿No te parece que es un poco tarde, Sara? No puedes entrar en clase cuando te dé la gana —advirtió Neus Garcés con los brazos en jarras.

—Es que me ha bajado la regla y como el lavabo de este piso está cerrado…

—¿La regla? Como la semana pasada. Y como la anterior si no recuerdo mal —observó la profesora con sarcasmo—. Creo que tendré que llamar a tu familia, puede ser grave, estás perdiendo mucha sangre. O a una ambulancia. ¿Y tú, Pol?

—Yo la he acompañado. Bueno, solo hasta la puerta.

—Al médico deberías acompañarla, va a pillar una anemia… Va, pasad. Y hasta dentro de treinta días no quiero ni oír hablar de…

Sara se había girado ya y fruncía los labios como si lanzara un beso a la galería. Había vuelto a salirse con la suya.

En aquel momento me incomodó que Guerao hubiera escuchado aquella conversación. No eran mis alumnos, pero eran alumnos de mi instituto y resultaba tan fácil alcanzar conclusiones erróneas… En las aulas se trabaja, y mucho, pero no siempre resulta evidente. Lamentaba que el agente pudiera llevarse una falsa impresión, pero recordé a tiempo que él también había sido alumno años atrás y debía haber asistido a escenas parecidas en muchas ocasiones. Quizás incluso las había protagonizado.

El joven policía sonreía.

No me equivocaba.

Yo no había subido nunca a la azotea. Abrí la puerta,

subimos unos cuantos escalones y salimos al exterior. Guerao me precedía.

Era un gran espacio completamente plano y cubierto de losetas del color del barro. Algunas se habían desprendido, otras se habían cuarteado. Guerao torció el gesto y tanteó una de ellas con la puntera del zapato. Diría que valoraba la posibilidad de un tropiezo. Circundaba la azotea un muro bajo, de un par de palmos, quizás algo más.

El policía se acercó a la zona desde la que presumiblemente Cosme se había precipitado al vacío y analizó la porción de suelo cercana al muro. Adelantó la cabeza para comprobar que justo debajo se hallaba el cadáver del conserje. Hice lo mismo. Desde la altura la sangre se veía oscura y densa, como coagulada.

—¿No había subido a recoger una pelota? —inquirió.

En la azotea no había ninguna pelota.

Tampoco abajo.

PABLO

—Miré hacia abajo. Y tenía razón. El agente tenía razón. Allí no había ninguna pelota. Ni en la azotea ni en el patio, te lo aseguro. No sé qué es lo que pasó, quizás algún crío la había recuperado ya, pero en ese caso hubiera visto a…

No necesitó mencionar el cadáver. Empar me tendió el móvil.

En la pantalla Cosme yacía sobre el cemento del patio. Era un plano cercano, aterrador. Solo resultaba visible la cabeza, rodeada en parte por su sangre, y la parte superior de su cuerpo. Cerré los ojos un instante a sabiendas de que el cadáver de Cosme acababa de convertirse en una de aquellas imágenes que no desaparecían cuando dejabas de contemplarla, una de aquellas estampas que quedaban incorporadas para siempre en tu memoria. La imagen que me mostró a continuación recogía todo el cuerpo, incluido también el rostro exánime y una de sus manos abierta cerca del rostro. Empar la había tomado desde el lugar que Cosme habría mirado justo antes de fallecer.

—No deberías... —le advertí cuando conseguí arrancar la mirada.

—Pensé que nos convenía recordar cómo... Las borraré. No te preocupes. No saldrán de aquí.

Era evidente que Empar no había desestimado la posibilidad de trasladar lo sucedido a una novela. Probablemente en su libreta de notas habría registrado con toda fidelidad la secuencia de los hechos, las reacciones de los testigos y, con toda seguridad y la mayor exactitud, buena parte de las palabras pronunciadas.

—Eso nos lleva a pensar que quizás no había ninguna pelota en la azotea y que es posible que Cosme no cayera accidentalmente —aventuré adelantándome a sus pensamientos.

Empar entornaba los ojos como si afilando la mirada afilara también la mente. Siempre lo hacía cuando planeábamos una escena o discutíamos una cuestión de estilo. Con el tiempo los gestos nos delatan.

—Quizás alguien quería que subiera a la azotea —insinué.

—O quizás quiso acabar con su vida. Y si fue Cosme...

—No. Nunca —afirmé con rotundidad.

A solas en el departamento, sin Esteban ni Cecilia que respondían las preguntas de la Policía, también yo intentaba que mi razonamiento, alterado por las circunstancias, siguiera un curso lógico. No era fácil.

—Por jodido que estuviera nunca hubiera abandonado a Víctor justo cuando la Policía señalaba al chico como posible sospechoso. Nunca hubiera hecho algo así.

Lo conocía desde que entré en este instituto, son años. No hubiera dejado a Víctor en la estacada, y menos después de insinuar que se disponía a...

—Sabía alguna cosa, eso seguro, pero no me dio ninguna pista. No sé si había decidido hablar con la Policía.

Yo estaba absolutamente convencido de que el conserje no se había arrojado desde la azotea por voluntad propia. No tenía argumentos ni podía probarlo, pero a pocos días de la jubilación Cosme no habría hecho algo así.

—Deberíamos intentar averiguar con quién habló Cosme, quién lo envió allá arriba —sugirió Empar. ¿Un alumno que había colgado la pelota? Si fue así, sería durante el patio. ¿Quizás alguien lo vio? En conserjería siempre hay gente. Llaves, fotocopias, padres que buscan a un profesor...

—No creo que podamos averiguar nada. No podemos ni debemos preguntar a todo el centro. Sería una locura. Creo que deberías ir a hablar con Escalona y contarle lo que sabes, lo que Cosme te dijo. Es necesario que investiguen su muerte. Yo puedo salir todavía más escaldado y creo que no me conviene.

—Tú estabas en clase y no saliste del aula, eso te da una coartada perfecta; Escalona tendrá que dejarte en paz.

—Sí... y no. Tampoco sabemos exactamente cuándo cayó. Mónica dejó de verlo durante el patio, no sabe dónde estaba, son muchos minutos. Quizás los forenses consigan limitar el tiempo, pero durante el patio yo no salí a la cafetería, no tenía ganas de hablar y estuve en el departamento preparando un examen. No pasó nadie. Nadie me vio. Ni Esteban, ni Cecilia, ni tú... Podría... Nadie me vio hasta que entré en clase... Si sigue considerándome sospechoso...

No le expliqué a Empar que, iniciada la clase, había dejado el aula unos instantes para buscar el globo terráqueo que acumulaba polvo en uno de los estantes superiores del departamento. Acababa de recordarlo. A pesar de las pantallas a nuestra disposición y de todo tipo de reproducciones accesibles en la red, siempre recurrimos a él para recordar a los alumnos la esfericidad del planeta. No hay nada más evidente que las tres dimensiones. Estuve fuera del aula dos, tres minutos como mucho, quizás menos. Casi imposible subir a la azotea desde la segunda planta del edificio y empujar a Cosme, suponiendo que el conserje estuviera allí esperando una ayuda para estrellarse contra el suelo, y regresar a clase cargando con un globo terráqueo. Inconcebible. Un disparate. Pero todo lo ocurrido durante los últimos días resultaba disparatado. El sueño de un loco. Aunque mi salida de clase y la muerte de Cosme coincidieran en el tiempo, resultaba casi imposible que yo pudiera haber empujado al conserje. Pero demostrar que apenas estuve un par de minutos, quizás tres, fuera del aula no sería fácil y dependería del testimonio de mis alumnos en cuya idea del tiempo transcurrido no podía confiar.

Empar apretó los puños sobre la mesa. Había rabia y dolor en sus gestos.

—Y no creo que ningún médico pueda certificar la hora de la muerte precisando los minutos —añadí—. Por eso prefiero mantenerme lejos de todo. Tampoco puedo buscar al alumno que colgó el balón si es que existe. Ni tú. Cuando la Policía me pregunte, contestaré. Pero, por el momento…

Empar me miró como si me viera por primera vez.

Pensé en las noches en vela que, con toda seguridad, se avecinaban y un cansancio brutal se apoderó de mí. No pude evitar dejar escapar un suspiro.

A pesar de mi interés en el caso no deseaba seguir con aquella conversación. De buena gana hubiera imitado a algunos de mis alumnos que, con los brazos sobre la mesa a modo de almohada, abandonaban la cabeza, cerraban los ojos y conseguían evadirse durante un rato.

—Ya. Lo entiendo. Volvamos a Cosme. ¿Quién podía tener algo contra él? ¿Existe alguna relación con la muerte de Claudia y de Tommy? Yo diría que sí, pero se me escapa…

Un par de golpes en la puerta pusieron fin a nuestra conversación. Me sobresalté. Sentía los nervios crispados y el corazón en un disparadero. Reconocí la voz de Naiara Martín al otro lado de la puerta. Empar abrió.

—Pablo, que Rosa me ha echado de clase sin razón. Dice que estaba tirando papeles, y eso es mentira. Toda la clase la estaba liando y va y me echa a mí. Me ha puesto un parte porque me la tiene jurada. Va a por mí. Y no es justo. Yo no se lo pienso dar a mi madre —añadió a modo de advertencia.

—Pablo, os dejo, tengo reunión. Hablamos luego.

Empar había comprendido que no sería fácil solventar el enfado de Naiara, convencerla de que debía hacer lo correcto y de que Rosa no le tenía manía. Un asunto delicado del que resulta difícil salir indemne. Demasiados años asistiendo a escenas de este tipo te instruyen en el alejamiento sin demoras. Tierra de por medio. Ni la curiosidad basta para que decidas quedarte.

—De acuerdo —y dirigiéndome a la alumna—. ¿Y qué quieres que haga yo, Naiara?

—Que hables con ella y que me quite el parte —respondió sacudiendo la melena en el aire como si se tratase de una obviedad—. Yo, a su clase, no vuelvo.

Junto a ella, Andrea, la amiga que la había acompañado para reforzar su defensa, asintió y me miró con cierto desdén, como miraría a un crío de pocos años, a un inútil.

—Por el momento te vas a la sala de guardia y te tranquilizas. Y tú, ahora te irás a clase. Ya estás tardando —indiqué a la amiga que asintió sin dar un paso.

Andrea pensaba quedarse hasta asistir al previsible desenlace.

—Hablaré con Rosa para ver qué me dice. Pero el parte te lo has de llevar y lo has de traer firmado. Ya sabes cómo funciona. Es lo que hay y la norma no va a cambiar ni por ti ni por nadie. Algo habrás hecho, Naiara. Y que la clase entera estuviera molestando no es excusa.

—¿Y qué te va a decir esa…? —Afortunadamente me ahorró el epíteto que a ambos nos hubiera complicado la vida todavía más.

Se lo agradecí infinitamente, no necesitaba más problemas, ni con Rosa, ni con Adriana, ni con nadie.

—Se va inventar cualquier cosa. Todos estaban hablando y tirándose papeles. Y va y… Que te lo diga Andrea, que estaba conmigo.

—Sí, ha sido así. Esa profe es muy rara. Tiene ramalazos, yo creo que le dan ataques.

—¿A ti también te ha echado?

—No, me he ido yo —respondió con la arrogancia de la adolescencia.

—Naiara, hazme caso y ve a la sala de guardia. Mañana me traes el papel firmado y si hace falta hablaré con tu madre. Y tú, Andrea, a clase, ya mismo.

Estaba completamente seguro de que cuando Rosa me explicara lo ocurrido su versión sería radicalmente distinta. Acostumbramos a creer que los profesores poseemos un criterio fiable y una propensión natural a la justicia, pero no siempre es así. A diario bregamos con situaciones complicadas, incluso extremas, escenarios ingobernables que desbordarían a cualquiera. En parecidas circunstancias el profesor más experimentado puede reaccionar arbitrariamente. Puede equivocarse.

Hablar con Rosa de aquel incidente con la combativa Naiara Martín y la no menos aguerrida Andrea Sedó era lo último que deseaba en aquel momento.

EMPAR

Me tropecé con el subinspector Escalona en el vestíbulo. Parecía abstraído y le sorprendió que me dirigiera a él. Un policía está acostumbrado a que la gente lo esquive, a que cambie de acera o vuelva sobre sus pasos para no cruzar palabra. El que evita la ocasión evita el peligro. Durante unos instantes me miró como si no me reconociera. Tenía el aspecto cansado y fruncía levemente el ceño como si tuviera un interrogante hincado en el lóbulo frontal. Sin embargo, no tardó en dirigirse a mí por mi nombre, esbozar una sonrisa e indicarme que también él quería hablar conmigo y, a ser posible, en el Departamento de Ciencias Sociales, el mío. Me sorprendió su interés, pero no planteé ninguna objeción.

El departamento estaba vacío y el radiador encendido. Tomamos asiento junto a la ventana. Yo, en mi sitio habitual; el policía, en el de Pablo.

—¿Y a qué cree usted que se refería Cosme cuando le dijo eso de que iría a comisaría y hablaría?

—Le aseguro que me gustaría saberlo. Estaba muy nervioso. Le preocupaban las sospechas sobre su hijo. Como si, como si ...

—¿Como si qué? —se impacientó.

—Perdóneme. Un momento..., es que quiero ser exacta, no quiero... —no acabé la frase.

La verdad era que no pretendía dar lugar a especulaciones. Sin embargo, era exactamente eso lo que estaba haciendo. Y era demasiado tarde para volver atrás.

—Me dio a entender que sabía algo y que pensaba utilizarlo si su hijo llegaba a ser acusado. Como si estuviera dispuesto a destapar alguna cosa turbia. Pero no me pregunte más, no sé nada cierto, de hecho, no tengo ni conjeturas. Llevo aquí muy pocos meses y no puedo imaginar de qué se trata. No sé a quién se refería ni de qué podía estar hablando. Solo que creía guardar un as en la manga.

—¿Víctor Manzano? ¿Pensaba que íbamos a acusar a su hijo, al entrenador de Tommy? ¿Nosotros?

Y en su voz, la sorpresa, y en sus ojos, cierta perplejidad.

—Creo que lo llamaron dos veces a declarar.

Asintió.

—Eso no significa nada.

—Eso bastó para que Víctor se sintiera acosado, como si la Policía lo señalara, como si estuvieran a punto de detenerlo. Cosme también lo creía. El chico estaba muy asustado, estaba convencido de que sospechaban de él. Igual que Pablo Bonell. Y no me extraña. ¿De verdad piensa que Pablo es el asesino?

El silencio por toda respuesta. Había desaparecido el asombro y había sido sustituido por una reserva total. El rostro del policía era ahora un semblante impenetrable. También yo tiendo a eludir el silencio:

—Lo conozco muy bien, desde hace años. Es un buen profesor y una buena persona. Nunca ha tenido problemas. Ni en este instituto ni en los anteriores. Le aseguro que pondría... ¿O es que su método se basa en creer que todos son sospechosos y empezar a acosarlos?

—No ponga usted la mano en el fuego, Empar. No estoy diciendo que sea el asesino. Todavía no hemos llegado a ninguna conclusión, pero... Conocer bien, dice usted —sus palabras rebosaban sarcasmo—. ¿Se ha dado cuenta de que eso no es prueba de nada? Todos creemos conocer bien a nuestros parientes, a nuestros amigos... Lo habrá visto usted muchas veces. Todos juran y perjuran: «No pudo hacerlo, él no era así: era muy buena persona. Era incapaz de esto o de aquello». Pero al final ese amigo del alma resulta ser un estafador sin escrúpulos o descubrimos que aquel camarero tan simpático del bar al que vamos cada día es el violador que tiene a todo un barrio aterrorizado. Un policía está obligado a desconfiar. Siempre. De Víctor Manzano, de Pablo Bonell...

Hubiera dado lo que no tenía por saber cómo continuaba la secuencia. Quizás yo también estaba en esa lista. No pude evitar la cara de disgusto. No me convencían sus palabras.

—Usted estudió Psicología, Empar. Sabe que es muy difícil conocer realmente bien a alguien, que todos tenemos secretos. Muchos. Y, cuando afirmo que todos tenemos cosas que no queremos que salgan a la luz, no estoy exagerando, se lo aseguro. Hace mucho tiempo que usted conoce al señor Bonell. El mismo quizás que hace que yo soy policía.

—Pero... ¿qué es lo que tiene contra él? ¿Un simple fotomontaje de una alumna? Es ridículo, es...

—Si solo fuera eso. —Miró el resto de la sala demorándose en cada detalle, era su manera de indicar que daba por acabada aquella parte de la conversación. Mi opinión había dejado de interesarle—. Cada uno de ustedes guarda su material en una estantería diferente, ¿no es así?

Asentí.

El timbre que señalaba el final de la clase sorprendió al policía, que no pudo evitar un ligero sobresalto.

—Este es el de Esteban Torres, ese otro el de Cecilia Beltrán, el de ahí el de Pablo Bonell y el otro es el mío.

—Entonces es aquí donde guardan los exámenes..., porque se los quedan ustedes, ¿verdad? Tengo entendido que los conservan.

—Sí..., los guardamos aquí durante unos meses por si luego hay alguna duda o alguna reclamación. Creo que tenemos la obligación de no tirarlos durante un curso.

—¿No los tienen bajo llave? Esto no parece muy seguro.

—No, los conservamos aquí hasta el mes de septiembre u octubre. No tenemos armarios con llave. Y nunca hemos tenido problemas. En los departamentos solo entramos nosotros —afirmé, aunque no era del todo cierto—. Pero, no entiendo muy bien por qué…

—Si no le importa, Empar, yo seguiré haciendo las preguntas.

En el vestíbulo se sucedían las voces y las risas. Los alumnos abandonaban las clases en dirección al patio. Uno de ellos se estampó contra la puerta. El ruido del impacto sorprendió al policía. Para mí resultó algo familiar, irrelevante. Segundos después, mientras Escalona sacaba su libreta de notas, entraron Pablo y Cecilia cargados ambos con libros y ordenadores portátiles. Interrumpieron la conversación que mantenían. Pablo no pudo evitar una mueca de contrariedad que al subinspector no le pasó desapercibida. Los saludos fueron estrictamente los que exige la cortesía más elemental.

—Bonell.

Yo no dejé de advertir que a mí me había llamado por mi nombre y a Pablo por su apellido. Marcaba distancias y generaba desconfianza en el aludido. Probablemente también aquel detalle formaba parte del procedimiento policial.

—¿Podría usted enseñarme sus exámenes de Arte? Esa es la materia que cursaba Claudia Pellicer con usted, si no me equivoco.

No solo no se equivocaba, su certeza era absoluta. Pablo torció el gesto y se aproximó a la estantería en la que guardaba sus cosas.

—Sí, aquí están, pero verá, Escalona, no tengo ninguna obligación, que yo sepa. Usted no es la inspectora de zona ni la directora del Centro. Mi trabajo…

—Tiene usted razón, no lo soy, pero puedo hacer que suba inmediatamente, pedírselo a ella y solucionar el tema. Si le parece, nos ahorramos esos trámites.

La tensión en el rostro y en los gestos de Pablo resultaba evidente. Cecilia, incómoda, se apresuró a señalar:

—Si no me necesita…

Escalona negó, probablemente había comprobado su coartada. Cecilia se colgó el bolso al hombro y abandonó el departamento. En el exterior, Esteban Torres, que llegaba en aquel momento, dio media vuelta y se alejó. «Yo habría hecho lo mismo», pensé.

—Aquí los tiene. ¿Los quiere todos?

—Para empezar, el de Roma.

—¿De Roma? Pues espere un momento, debe estar por aquí. —Noté que Pablo trataba de ganar tiempo, una sombra de alarma cruzó su mirada. La situación empezaba a incomodarlo—. Todos suyos, inspector —dijo al tiempo que le tendía un fajo de exámenes con las correspondientes correcciones en rojo y la calificación en la esquina superior derecha.

—Gracias.

Los cogió y fue pasando uno a uno, con una calma cercana a la parsimonia y dejando sobre la mesa los ya revisados. Yo traté de buscar los ojos de Pablo para ver si podía explicarme en silencio lo que estaba pasando. Mi compañero no levantó la vista de los exámenes que el policía descartaba.

—Falta uno. El de Claudia Pellicer. Qué curioso, falta el de la chica. ¿No hizo el examen?

—Sí, claro, hizo el examen, en mi libreta puede usted... No lo entiendo..., no sé por qué no está. Los guardé todos juntos, los enseñé en la clase, comprobaron los errores, los recogí y los guardé aquí.

Pablo cogió los exámenes. Volvió a mirarlos todos. Al no encontrar el que buscaba siguió con los de otros temas confiando en que se hubiera traspapelado. Todo inútil. No pudo encontrarlo. Miró a Escalona, luego a mí. Volvió a los papeles. Sin éxito. Apoyó una mano sobre la mesa como si quisiera afianzar la verticalidad, como si temiera desplomarse.

—Cualquiera puede haber... —sugerí intentando encontrar una salida.

Escalona se levantó.

—Estaremos en contacto.

Sonó a amenaza. Y lo era.

Cuando el subinspector abandonó el departamento, Pablo se sentó y hundió la cabeza entre las manos.

—¿Me puedes explicar lo que ha pasado? ¿Por qué es tan importante?

—¿Cómo ha podido desaparecer? Estaba aquí. Yo juraría que… —hablaba para sí mismo.

—Contéstame, Pablo. ¿Qué hay en ese examen?

—¿Conoces *El sarcófago de los esposos*, la escultura etrusca?

Asentí.

—Pues bien, la puse en el examen para que la comentaran. Es una de las del programa de selectividad.

Recordaba perfectamente la magnífica escultura funeraria etrusca realizada en terracota que reproducía una pareja recostada sobre un triclinio, él le pasa el brazo por el hombro a la esposa en una actitud afectuosa, casi protectora.

—¿Y qué? ¿Escribió Claudia algo raro en el examen?

Acababa de recordar el comentario que había escrito sobre la Venus de Milo.

—No, bueno, sí. Antes del comentario, en el margen de la foto, había una anotación suya, decía que sabía que yo iba a utilizar esa obra.

—¿Solo eso? ¿Por ese comentario todo este número? No puede ser. Es inofensivo. ¿Estás seguro de que no escribió nada más?

—Añadió una frase sobre que me conocía bien, una tontería. Era una criatura que jugaba a ser mayor. No le di importancia. No la tenía.

—Pablo, por favor. Dime exactamente qué escribió Claudia. No quiero más sorpresas. Si no sé lo que está pasando, no puedo…

—«Cada vez te conozco mejor, profe. Sabía que ibas

a poner esta obra. Los Géminis no nos podemos ocultar nada».

—Joder, Pablo. Parecen mensajes entre adolescentes, como si tonteara contigo. No de una alumna a su profesor.

—Ya. Sé que suena así y que parece que tenía una confianza especial conmigo, pero te aseguro que no hubo nada —contestó—. Tampoco pensé que tuviera importancia. Claudia era así, te hablaba como si te conociera de toda la vida. Si no hubiera muerto como murió, su comentario no hubiera trascendido.

—¿Algo más?

—No, te juro que no —contestó sombrío negando con la cabeza y barriendo la mesa con la mirada.

Se sentía acorralado, como si Escalona lo empujara contra unas cuerdas invisibles en las que no tardaría en quedar atrapado sin remedio.

—Escalona lo sabía. Lo tiene él. No sé cómo, pero seguro que lo tiene él. Si no, ¿a qué venía este número?

—¿Y cómo demonios lo ha conseguido? ¿Quería ponerme a prueba? Ya no sé qué pensar. Yo también creo que alguien le ha hecho llegar el examen, alguien que quiere…

Me vinieron a la mente las palabras de Escalona. ¿Realmente conoces bien a las personas que sentimos más cercanas? O simplemente preferimos pensar que así es.

PABLO

Nunca he frecuentado demasiado la sala de profesores. Siempre he preferido quedarme en el seminario y aprovechar esos minutos de patio o esa hora sin clase para preparar o corregir ejercicios, para hacer alguna consulta o para permanecer unos minutos en silencio.

Empar los llama «minutos de descompresión». No es una mala etiqueta. Unos instantes en tierra de nadie antes de regresar a la superficie. Pero no quería parecer huraño y lo último que necesitaba era que alguien me tildara de esquivo o aventurara que mi temperamento había cambiado últimamente. Hacía días que solo me acercaba a la sala común para comprobar si me tocaba sustituir a alguien durante la guardia y pensé que sería conveniente pasar un rato y participar de la conversación.

Necesitaba distraerme y, en algunas ocasiones, las conversaciones mundanas tienen la virtud de airear el pensamiento y ventilar los callejones sin salida. Además, quería hablar con Cecilia y con Esteban: esperaba averiguar algo del examen desaparecido. Quizás hubieran visto a alguien colarse en el departamento; alguien cuya presencia resultara difícil de explicar.

Advertí de inmediato el tono airado de la conversación. Repartida por la gran sala, como si se tratara de una poderosa carga electroestática, podía detectar una tensión poco habitual.

—Está insoportable. No hay quien lo aguante —comentó—. Se ha cargado mi clase. No he podido hacer nada, todos pendientes de él. No sé cuántas expulsiones lleva, pero sigue en el instituto haciendo lo que le da la gana. Y, lo que es peor, algunos compañeros le tienen miedo, no se atreven a llevarle la contraria. Y no me extraña. Eso sin contar los que le ríen las gracias. —Era Neus Garcés, la profesora de Visual y Plástica, la que llevaba la voz cantante en aquel momento.

Había escuchado mil veces las mismas o parecidas quejas que nunca llevan a ninguna parte, yo mismo podía haberlas formulado confiando en su leve efecto catártico. Mal de muchos...

—Me dijo Rosa que en medio de su clase sacó un donut y empezó a comérselo. Y que después eructó. Cuando ella se enfadó, Manu le dijo que tenía hambre, que no había podido comer a la hora del patio porque lo habían castigado y que estaba en su derecho. Lo dijo a gritos, como siempre —añadió Lucía García—. Y la madre le suelta a la tutora que su hijo tiene problemas digestivos y que si necesita eructar nuestra obligación es dejarle. ¡Hay que tener valor! Como es lógico, Cristina le pidió una nota del médico y la madre colgó.

—Tal para cual —remató Paco.

—Hay que joderse. Todo el mundo tiene muy claros sus derechos, los padres, los alumnos..., pero de sus deberes no se acuerda nadie. «Memoria selectiva» llaman a eso.

—Yo llevo diciéndolo mucho tiempo. Con este jefe de estudios esto no tiene solución. No sabe imponerse. Y a estas alturas no va a aprender. Habla con todos y no castiga nunca a nadie. ¿Cuántas sanciones ha puesto?

No esperaba respuesta y no la hubo. Sí algún gesto de conformidad.

—Y así nos va. Con segundas, terceras y enésimas oportunidades. Manu Tejera debería estar quince días expulsado para que lo aguanten en su casa. Cada día monta un pollo. Si no es en el aula, en el pasillo, en el patio, en el lavabo... Hay alumnos que le tienen miedo, lo he visto, se apartan. Pasó lo mismo con Lorena Ríos el año pasado. ¿Os acordáis? Todo el curso dando por el saco y no le pasó nada.

—Hace eso del dónut en mi clase y se entera. Vaya si se entera —añadió Bernat Renom con el gesto airado.

—¿Sí? ¿Y qué habrías hecho exactamente? Me interesa. Nunca se sabe cuándo me puede pasar —se apresuró a inquirir Paco Carpio. Y la pregunta, como todas las suyas, acarreaba una carga de profundidad.

—Pues, no sé, le habría...

—¿No pensarías ponerle una mano encima?

—No, eso no. Si tocas a un alumno te cae un palo que no te levantas, pero... No sé, hay otros medios, yo creo que...

Nadie llegó a saber qué era lo que creía. Era evidente que Bernat no conocía la fórmula. Ni él ni nadie.

—Manu es insoportable y no tiene disculpa. Y su madre, todavía menos; cree que tiene una perla en casa. Un diamante en bruto. Hay que joderse.

La carcajada de Paco pudo oírse en el pasillo.

—No conozco a Manu, pero lo de Lorena Ríos es otro cantar. El panorama en su casa no podía ser peor —intervino Isabel, la psicopedagoga del centro, que había permanecido callada hasta entonces—. El padre, desaparecido; la madre, casada por segunda vez con un hombre que la maltrata, y un hermano mayor en la cárcel. Cuando Lorena discutía con su padrastro se la quitaban de encima y la enviaban a pasar una temporada con sus abuelos. Un cuadro, un esperpento. No encajaba en ninguna parte. Nos hizo la vida imposible, pero expulsándola no la habríamos ayudado en nada.

Asistía a una de esas eternas discusiones que se dan en todos los centros casi a diario y que raramente se zanjan con alguna conclusión útil. No existen las soluciones mágicas. Nadie las tiene. Los partidarios de la mano dura se enfrentaban, cargados de argumentos, a los que pensaban que toda conducta tiene su explicación y nada ocurre porque sí. Todos ellos edificaban vehementes alegatos que quedaban en nada cuando de nuevo sonaba el timbre y los participantes se dispersaban camino del aula. Al menos esta representaba una novedad, rompía la dinámica de bandos enfrentados generada a raíz de la situación política que atravesaba Catalunya. Por encima de simpatías y rechazos, de alguna extraña manera seguíamos tomando partido ante la adversidad.

—Quizás a ella no, pero al resto de la clase seguro que sí. Nos olvidamos demasiadas veces de que alumnos como Lorena y como Manu impiden avanzar a los demás. Nos pasamos media clase esperando que se sienten, que se callen y que se dignen a abrir un libro o a escuchar. Dedicamos tiempo y recursos a refuerzos especiales, atención a la diversidad y a aquellos alumnos que molestan. Y muy pocos, ninguno diría yo, a los que hincan los codos y se esfuerzan. ¿Por qué tenemos que aguantar la mala educación? ¿Dónde está eso en mi contrato?

—Bueno..., te guste o no, es parte de nuestro trabajo. —Había resignación en las palabras de una profesora cuyo nombre no recordaba. Eran tantos los cambios de un año para otro. En el instituto la plantilla estable seguía siendo un mito—. Yo creo que, si la ratio fuera menor, no tendríamos tantos problemas.

—Yo quería ser profesor, no consejero familiar, no arreglador de familias. Y sé que no se dice así, que no queda bien, pero me importa un pito. Yo no estudié para aguantar lo que aguanto. Estoy harto de situaciones imposibles, de críos consentidos y malcriados y de padres permisivos que le compran al niño un móvil último modelo si se digna a asistir a clase. Harto de no poder dar clase y de que desde arriba —dijo en alusión a la inspección educativa— me digan que debo aprender a gestionar el aula. ¡Manda cojones! ¡Gestionar el aula! ¡Como si fuera un fondo de inversión! —se interrumpió para tomar aliento antes de dar un giro a su perorata—. Que pongan más especialistas y envíen a todos los tarados con ellos. ¿No es lo que quieren, tratar a los problemáticos? Perdón, a los disruptivos. Para eso han estudiado. Yo no. Pues todos para ellos, por mí se los pueden quedar. Del primero al último. Y que les aproveche.

—Precisamente esos chicos problemáticos necesitan estar en entornos normales. Aislándolos no solucionamos los problemas —insistió Isabel con la mejor de las intenciones—. Recuerda que decidimos apostar por la educación inclusiva, también en estos casos.

—¿Sí? ¿Y cuándo lo decidimos? A mí nadie me preguntó nada.

—Sí, ya hemos visto cómo nos va. Cojonudo. Porque problemas no nos faltan.

—Dos alumnos, el conserje… —enumeró Paco.

—¿A quién le toca ahora, Isabel? ¿A un profesor?

La psicopedagoga calló, se encogió de hombros, recuperó sus cosas y se dispuso a salir de la sala. Parecía profundamente desanimada.

—Pues yo tengo unas ganas locas de que lleguen las vacaciones… —comentó Neus para distraer la tensión.

Varias voces y algún que otro suspiro se sumaron a sus palabras dando por acabada la conversación.

—Yo sugerí a Adriana que acabáramos el jueves. Necesitamos que llegue la Navidad cuanto antes. Quizás cuando volvamos las cosas mejoren un poco.

—A peor no pueden ir —añadió Paco y acompañó sus palabras de una carcajada que me heló la sangre.

El timbre no tardaría en sonar señalando el final del patio y yo no había abierto la boca.

—¿Sabéis si sigue en pie la cena del viernes? ¿O se ha anulado? —preguntó la psicopedagoga, que se había detenido en el umbral.

—No creo que nadie tenga muchas ganas de fiesta, la verdad.

—El pobre Cosme siempre venía a estas cenas. Le gustaban porque su mujer no podía vigilarlo. Que si la tensión, que si el colesterol… Comía y bebía lo que quería sin dar explicaciones. No faltaba nunca. Esperaba las cenas del instituto como agua de mayo. ¿Y sabéis qué? —Lucía no aguardó la respuesta de nadie—. Que creo que le habría gustado que se celebrara.

—Creo que mañana a la hora del patio hay una reunión, quizás cuelguen una lista para saber qué pensamos. La reserva está hecha. No sé si estamos a tiempo de anular.

—El restaurante es de mi hermano, ha rechazado otras reservas para poder… Si anulamos es una putada.

Es demasiado tarde, me llamó ayer, estaba alarmado, ha comprado ya. Cierra el local para nosotros, si no vamos…

La voz implorante de Lucía puso punto y final a la charla.

Asentí como si pensara asistir a la reunión. Eso fue todo.

Decidí volver al departamento antes de que los alumnos regresaran a las aulas.

CAPÍTULO 9

EMPAR

Adriana entró justo detrás de mí. Tenía el móvil pegado a la oreja y el rostro sombrío. Jordi Grau supervisaba el vestíbulo desde la puerta de su despacho. No parecía mucho más animado que la directora. Me saludó con un gesto. Correspondí con un «buenos días» poco convincente y firmé el registro de entrada.

No pude evitar recordar la ausencia de Cosme, que no volvería a anunciarme las jornadas laborales que le faltaban para alcanzar la esperada jubilación. De hecho, a la espera de que el Departament d'Ensenyament enviara un sustituto y con Mónica abriendo las puertas de las aulas en la planta superior, la conserjería del centro permanecía clamorosamente desatendida. Cecilia salía en aquel momento, había cogido un paquete de folios que días atrás le habría entregado Cosme. Y lo habría hecho, como siempre, a regañadientes, como si pagase las hojas de papel de su propio bolsillo. Se dirigía al departamento. Pensé que era un buen momento para abordarla.

Cecilia solía llegar al instituto mucho antes del inicio de las clases y organizaba a solas, y a conciencia, las clases del día. Detestaba que sus compañeros pensaran que era una persona extremadamente metódica. La semana anterior, en la cafetería, la había oído justificar su exceso de celo replicando:

—¿Y qué queréis que haga si me casé con un tipo que se levanta a las cinco y media y tiene la discreción de un general prusiano? Se levanta él, se levanta todo el mundo.

Sus palabras siempre sonaban a excusa.

Dolors, la profesora de Latín, había señalado con una sonrisa:

—*Excusatio non petita, accusatio manifesta.* Eran buenas amigas y se conocían los dobleces. No había secretos entre ellas. Tenían la facultad de leerse el pensamiento. Así lo admitía Cecilia con una sonrisa de complicidad.

—Buenos días, Cecilia —susurré apresurándome para acompasar mis pasos a los suyos.

A falta de pocos minutos para empezar la primera clase de la mañana, los alumnos avanzaban pasillo adelante en dirección a las aulas y lo hacían con el lento caminar de los autómatas. Es el momento del día en el que un profesor puede superar un grupo de chicos sin que nadie le pregunte si ha corregido ya el examen que puso el día anterior o si el chico que acaba de cruzarse en su trayectoria puede entregar el ejercicio al día siguiente.

A excepción de algunas chicas que se abrazaban como si llevaran meses sin verse, prevalecían entre los adolescentes los ojos adormilados, los movimientos pausados, casi parsimoniosos, y las voces en sordina.

Yo tenía ya las llaves del departamento en la mano. Abrí. Entramos. Cecilia rasgó el papel y cogió un fajo de hojas en blanco.

—Lástima que después tenga que corregirlos —se lamentó en clara alusión al examen que había preparado.

—Cecilia, ¿has visto a alguien aquí dentro los últimos días? Te lo pregunto por el examen de Pablo, el que le pedía el subinspector. Tú estabas.

Asintió.

—No lo encontró. Y es extraño, muy extraño. Juraría que lo tiene el policía.

—Yo también lo pensé. Pero para qué va a querer el examen un policía. ¿Comprobar huellas? ¿Tinta? No tiene sentido.

—Yo tampoco lo entiendo, pero el hecho es que no está aquí. Y si lo tiene Escalona es porque alguien entró aquí y lo cogió.

—Pablo no es el tipo más ordenado que conozco. Se le puede haber traspapelado. O quizás él mismo lo ha ocultado. Yo no descartaría…

—No puedo creerlo. Conozco a Pablo desde hace muchos años. No creo que tenga nada que esconder.

No respondió, se limitó a buscar un libro en su estante y a comprobar que tenía el estuche con sus bolígrafos en el bolso.

—Por favor, piensa un momento. ¿No has visto a nadie estos días? —insistí.

—Siempre cerramos con llave, nadie entra en el departamento. Bueno, hablo por mí, yo siempre cierro y creo que tú también. No sé si Pablo y Esteban…

—¿Habláis de mí? ¿A qué debo tanto honor? —preguntó Esteban con voz destemplada.

No le habíamos oído entrar y sus palabras nos sorprendieron. Cecilia se sobresaltó y le recriminó:

—Tantos años aquí y eres incapaz de dar los buenos días.

Esteban Torres traía cara de haber dormido poco y mal. Remataba su mal aspecto un gesto de profundo hastío que le acompañaba en todo momento, desde la primera hora hasta la última. Tenía el pelo escaso y enganchado al cráneo en forma de hilachas de color gris, enormes bolsas bajo unos ojos oscuros demasiado cercanos y un sobrepeso evidente acentuado por un jersey granate excesivamente estrecho para un contorno abdominal en expansión. Por su forma de vestir siempre me recordaba a un empleado del transporte público entrado en años y en kilos.

—Preguntaba si sabéis de alguien que haya estado aquí últimamente.

—Bueno.

Esteban Torres, con las manos en los bolsillos y un leve gesto de desdén a flor de labios, empezó a razonar en voz alta siguiendo una lógica que a algunas personas les gusta exhibir.

—Estamos nosotros cuatro, los de la limpieza, el chico que vino a purgar los radiadores…

—Ya. Me refería a alguien que no deba entrar, alguien que os hiciera pensar que no debía estar aquí.

—¿Pero para hacer qué? Yo solo entro porque a final de mes me pagan.

—Pablo ha perdido un examen.

—Bueno, eso no es de extrañar. Los deja de cualquier manera, no los guarda en sobres ni…

—Le dijo la sartén al cazo —comentó Cecilia.

—Pero, pensad un momento. Igual podemos recordar…

—Siempre entra algún alumno que viene a recoger libretas, mapas… Yo misma he enviado a alguien. Algunos se quedan un rato. Los del trabajo de investigación, sin ir más lejos, siempre andan por aquí. Acuérdate, Esteban. Hace unos días el pobre Tommy estaba aquí contigo, en esta mesa. Se sentó aquí —añadió Cecilia apoyando la mano en el respaldo de la silla más cercana—. Aquí mismo. Tú eras su tutor.

—¿Aquí? ¿Con Paguay? —Siempre utilizaba el apellido cuando pretendía marcar distancia respecto a un alumno—. Puede ser, no digo que no, pero ahora mismo no recuerdo…

—Yo sí. Y te diré por qué. Mientras estabais aquí entró esa chica, Claudia. La mirasteis como si fuera una aparición. Y no me extrañó, era guapa a rabiar. Ella le dijo algo al oído, le dio un beso en la frente y se fue como había venido.

Esteban entornó los ojos como si intentara recordar. Sus manos seguían en los bolsillos del pantalón y su rostro continuaba mostrando disgusto.

—Sé que no te gusta que te interrumpan y que el detalle te pareció poco apropiado, pero a mí me pareció una escena muy tierna. ¡Un beso en la frente!

El timbre que señalaba el inicio de las clases silenció a Cecilia. Esteban abandonó el departamento sin haber vuelto a abrir la boca. Adusto, malhumorado, afrontando un día con los peores presagios.

—Les quedaba tanta vida… —añadió mi compañera casi en un sollozo.

PABLO

«El robo de niños recién nacidos», así titulaba Tommy Paguay su trabajo de investigación. Acababa de imprimir una copia del documento que su actual tutor, Esteban Torres, me había dejado en el ordenador del departamento tras dedicarse durante unos instantes a constatar mi sonrojante incapacidad.

Esteban es uno de esos tipos que emplean el móvil o el ordenador para programar cualquier actividad y si pueden utilizar Dropbox, Drive, Moodle, Doodle, Classroom, o cualquier otro sistema de nombre anglosajón para guardarlo, compartirlo o camuflarlo, no contemplan otra posibilidad. No comprenden que algunos sigamos anclados en un pasado no muy lejano, anteayer sin ir más lejos, y nos cueste lo indecible recuperar un documento que ha sido «encriptado», «subido a la nube» o «colgado» en cualquier otro lugar no mucho más accesible.

Para Esteban es una forma como cualquier otra de señalar su superioridad respecto a buena parte de la humanidad, en la que me incluyo, que se las ve y se las desea para desentrañar tanto neologismo en un universo duplicado y repleto de documentos, imágenes y *powerpoints* suspendidos, al parecer, en cualquier capa de la atmósfera. Esta vez, afortunadamente, era una copia en formato PDF pensada para profanos y anclada en un lugar visible del escritorio.

Imprimí el documento y salí al patio para seguir leyendo la breve introducción con la que Tommy abría su trabajo antes de que llegaran los alumnos y se iniciara mi turno de vigilancia:

> Hay más de 1500 casos abiertos en los tribunales en España y se calcula que debieron producirse muchos más que no han salido a la luz simplemente porque mucha gente jamás llegará a sospechar que fue un niño robado. La única pista es la que pueden facilitar las madres a quienes dijeron que sus hijos habían muerto durante el parto.
>
> En este trabajo quiero mostrar los casos documentados en la ciudad de Barcelona entre 1960 y 1980, que hablan de una misma estrategia: algunas enfermeras y unas cuantas monjas, en complicidad con algunos doctores, se acercaban a las maternidades de los hospitales interesándose por las mujeres embarazadas. Escogían preferentemente mujeres solteras o con poca familia. Tras el parto las sedaban y les informaban de que su hijo había nacido muerto. Una red de venta de niños bien organizada. Un negocio redondo. Esas criaturas, que habían nacido sanas, eran posteriormente vendidas a familias acomodadas.

No sé qué esperaba encontrar en aquellas páginas introductorias, probablemente nada que guardara relación con su muerte violenta. A pesar de ello, debo reconocer que, por mi inclinación al género negro, me interesaba el tema de los niños robados a sus madres.

> En mi trabajo entrevistaré a dos mujeres cuyos hijos fueron robados y a un hombre de 45 años que descubrió recientemente que sus padres lo compraron.

—Es una injusticia y una putada, Pablo. Siempre nos cae el palo a nosotros. Hay que joderse. Y toca callar y aguantar, como siempre. Porque si dices algo te estás haciendo la víctima. Y clama al cielo, Pablo, clama al cielo.

Jesús se dirigía a mí desde las alturas. Y, lo que sobre el papel puede sonar a «iluminación» de carácter espiritual, fue una escena mucho más prosaica y escasamente inspiradora. Aparté el papel y levanté la vista. Jesús, el jefe de obra, trasteaba en la primera plataforma del andamio.

—Buenos días —saludé—. No te había visto.

Se descolgó, se quitó el casco y sacó un bocadillo de una mochila sin dejar de mascullar improperios y de maldecir su suerte. A pesar de que no sabía si quería conocer el motivo, no tenía ni el cuerpo ni la mente para nuevos quebraderos de cabeza; me disponía a preguntarle por la injusticia a la que se refería, pero se adelantó:

—Todos los árbitros igual. Siempre en contra. No se salva ni uno. Estaban jugando de puta madre. ¿O no? Y va el capullo del árbitro y pita otro penalti en contra en los últimos minutos. El partido a hacer puñetas. Y no quiso ni mirar el VAR. Nos crujen a penaltis.

Comprendí que se refería al partido de la jornada del equipo del que ambos éramos seguidores desde la infancia. Muchos aficionados, entre ellos Jesús, están plenamente convencidos de que hay una persecución arbitral contra los suyos. En especial los seguidores de los equipos que durante la temporada en curso apenas levantan cabeza. También yo lo he pensado alguna vez. De hecho, ese sentimiento de confabulación universal no está tan alejado del que experimentan algunos alumnos íntimamente persuadidos de que sus profesores los detestan, de que les tienen una «manía» irracional y de que el orbe entero les niega el trato justo que merecen. Otros, con adversarios algo más «difusos», trasladan el sentimiento a diferentes escenarios: el Gobierno, los emigrantes, los políticos, Madrid, los independentistas, la Unión Europea, la sociedad, el capitalismo, la mala fortuna, el cambio climático… Nada tan trillado como traspasar a los demás la responsabilidad de tus propios fracasos o de tus escasos aciertos.

—Sí, bueno. Yo estuve en el campo, Jesús, y la verdad es que el equipo no jugaba tan bien. La defensa hizo aguas a las primeras de cambio y la delantera… No me hagas hablar —apunté por no contrariarlo—. Yo no le echaría las culpas al árbitro. Si seguimos así, nos espera un año muy complicado.

—Ya, complicado. Como siempre. No te digo que no. Y que en la defensa están empanados tampoco te lo negaré. ¿Cuándo no hemos tenido una temporada complicada? Pero si encima lo tienes todo en contra… Los árbitros, las teles, los diarios… Que no, hombre, que no. Que así no se puede. Y, cambiando de tercio, ¿no eras tú el que preguntaba hace unos días por Otman?

—Sí, te pregunté por él.

—¡Otman! Bájate ya que nos vamos a desayunar. Dile a Dinu que acabe lo suyo y que se baje también —gritó mirando hacia arriba. Y luego, dirigiéndose de nuevo a mí—. Ya ves, el chico ni se fugó, ni lo detuvieron, ni nada. Lo interrogaron los *mossos*, sí, pero nunca lo acusaron de nada. La Policía lo ha mareado todo lo que ha querido y más, a él, a su familia. Pero aquí está. Nada que ver con las muertes de esos chicos.

Un joven alto y delgado que vestía una sudadera amarilla sobre la que colgaba el casco que pendía de su cuello bajó de un salto. Tenía una sonrisa deslumbrante, el cabello crespo y los ojos de un negro absoluto.

—*Bon dia* —saludó

—*Bon dia,* Otman —correspondí.

Y, tras despedirnos, la cuadrilla aprovechó el sonido del timbre para emprender el camino del bar más próximo. Me guardé en el bolsillo las páginas de Tommy sobre los «niños robados». Era impensable seguir con la lectura con varios cientos de alumnos hablando, gritando, corriendo y empujándose a mi alrededor.

Lucía, mi compañera de guardia, me saludó desde la distancia. Siempre bebía té —por los antioxidantes, decía— y acababa de derramar sobre su abrigo parte del contenido de su vasito de plástico. Un alumno había chocado con ella en un intento por escapar a la colleja que esperaba propinarle un compañero.

EMPAR

La guardia posterior al patio nunca es de las más relajadas. Algunos alumnos se entretienen todo lo que pueden con los últimos chuts, los empellones más contundentes y el penúltimo mensaje en el móvil para retrasar así el regreso al aula. No hay prisa por abrir un libro u ocupar una silla. Otros, los más esforzados, entran despacio y a contrapelo mientras echan un vistazo a los apuntes correspondientes al examen que intentarán superar antes del mediodía. Tampoco ellos se apresuran. Solo unos pocos parecen apurados, súbitamente conscientes de que lo han preparado poco y mal, son los que tienen cara de disgusto. Si no supieran que todo es detectable y localizable en un suspiro, el más osado cogería el móvil para avisar de la colocación de una bomba como ocurría muchos años atrás. Pero aquellos eran otros tiempos. Existen otras alternativas para suplir la falta de estudio, algunas verdaderamente ingeniosas, otras más burdas, pero todas son sancionables.

Algunos de mis compañeros remoloneaban aquella mañana en la sala de profesores, apuraban el café en el bar o alargaban exageradamente la charla en el pasillo. Cualquier pretexto era bueno. Preferían encontrar a los adolescentes en el aula, aunque demorarse supusiera perder unos minutos de clase, a obligarlos a abandonar los corredores. Los últimos acontecimientos, así como el regreso de los medios de comunicación a las puertas del centro, habían aportado nuevos y tristes contenidos a las conversaciones en los espacios comunes y estas se dilataban todavía más de lo habitual. Jordi Grau, falto de ánimos y de recursos, se limitaba a observar por encima de sus lentes el curso de la mañana. Tenía el gesto agrio y el aspecto de hallarse al límite de sus fuerzas.

Conseguir que alumnos y profesores ocupen las aulas asignadas siempre requiere unos minutos. Si te acompaña la suerte y aquella mañana no falta ningún profesor, puedes aprovechar tu hora de guardia y dedicarla a corregir, preparar ejercicios o planificar la materia a impartir. Permanecer en silencio con la mente en blanco tampoco es una mala opción. Desde los más creyentes a los ateos confesos, todos rogamos a quien corresponda que durante tu hora de guardia no queden aulas sin profesor y los alumnos expulsados sean pocos y no traigan ganas de brega.

Creía que mis plegarias habían sido atendidas. Llevaba casi un cuarto de hora sentada junto a una mesa en mitad del pasillo de la primera planta sin más compañía que el rumor de voces procedente de las aulas. Vestía abrigo y bufanda y, aun así, seguía encogida de frío por la legendaria corriente de aire que, por aquellos misterios de la multipremiada arquitectura contemporánea, en invierno cruza el edificio de parte a parte mientras que en los meses de verano facilita su total paralización sobre nuestras cabezas. Había corregido tres exámenes y me disponía a emprender el cuarto cuando un expeditivo portazo procedente del ala izquierda, la que ocupan los cursos de Bachillerato, me hizo levantar la vista y gruñir.

La alumna que acababa de ser expulsada no avanzó hacia mí tal y como debería haber hecho. Se quedó junto a la puerta, se apoyó en la pared con las manos en la espalda y clavó la mirada en el techo. Hubiera podido jurar que temblaba. La reconocí de inmediato, era Raquel Cabanas.

Me levanté y me acerqué a ella. Nunca antes había sido expulsada.

—¿Qué haces aquí?

Ni me miró ni contestó. Solo un gesto de desagrado en la comisura de sus labios evidenció que había advertido mi presencia. Las lágrimas espejeaban a flor de párpados.

—Raquel, te he hecho una pregunta.

—Lo siento, Empar. No estoy de humor. Esto no va contigo, pero no me apetece hablar con nadie.

—No tenemos que hablar, no me has de explicar nada, pero apártate de la puerta y acompáñame al banco. Te tranquilizas y, si quieres trabajar, trabajas.

No se opuso. Accedió y me siguió. Sin abrir la boca, Raquel se sentó en el banco que le indiqué, estiró las piernas, se cruzó de brazos y bajó la mirada. Apenas unos segundos tardó en aparecer en su rostro la primera lágrima y poco más en derrumbarse y empezar a hablar entre sollozos.

—Esa tía está mal. ¿Para qué coño hemos de saber que las oraciones subordinadas adjetivas funcionan como sintagmas adjetivos en función del complemento del nombre? ¿Alguien entiende de qué está hablando? ¿A quién puede interesarle esa chorrada? Yo quería ser bióloga. No necesito para nada…

Me resultaba difícil rebatir sus palabras y me limité a aconsejarle que se tranquilizara.

—Mi vida es una mierda y no va a mejorar porque consiga aprender esa tontería. Ni la mía ni la de nadie. No la aguanto. No puedo con ella.

Era una cría, diecisiete años no son muchos. Una cría desconsolada y sola que apretaba los puños como si estuviera a punto de emprenderla a golpes con su sombra. En ausencia de Claudia, no conseguía juntar los pedazos y recomponer su propia vida. Encontrarle un sentido escapaba a sus propósitos más inmediatos.

—Ya que preguntas, te contestaré, Raquel. Yo tampoco acabo de tener claro de qué va eso de las subordinadas adjetivas, y no sé si te sirve de mucho o de poco saberlo. Yo diría que a mí no me sirvió, pero no toda la culpa es de la profe. El programa del Bachillerato está marcado por el temario de la Selectividad, ella no lo elige, te lo aseguro. Su obligación es que podáis contestar a esa pregunta y a otras muchas igual de incomprensibles el próximo mes de junio. Y además te conozco, Raquel, eres lista, tienes facilidad, entenderlo te costará unos minutos de concentración. Eso es todo.

—Pues que cambien el temario de una puta vez, que lo quemen, que se lo metan... Que nos enseñen cosas que sirvan para algo. Mierda de sistema y mierda de instituto. No sé qué hago aquí. No... —dejó la frase en suspenso y el enfado se transformó en llanto— No puedo, Empar, lo siento, pero no puedo.

No encontré palabras para consolarla. No existían. Se dejó abrazar y siguió temblando de dolor y de cólera.

—Todo me parece una mierda desde que Claudia ya no... No tengo ganas de levantarme por las mañanas, no consigo abrir un libro. En mi casa no salgo de mi cuarto y cuando salgo es para tener una bronca. Antes yo era la que hacía las cosas bien, ahora... No sé, Empar, no sé lo que hago, no sé lo que quiero... Esto es un infierno. Me ha dejado sola.

Su voz, llena de lágrimas, apenas resultaba audible. Raquel hablaba mientras se balanceaba muy levemente adelante y atrás. Y yo con ella. Componíamos ambas la viva estampa de una regresión a un pasado no tan lejano en el que Raquel se sentía segura en los brazos de alguien.

—A veces pienso que sin ella mi vida no vale la pena. Nunca creí que pudiera añorar a alguien como la añoro a ella. Mi móvil está muerto, y yo me siento como si también lo estuviera. Igual lo que quiero de verdad es morirme. No me queda nadie.

—Tienes amigos, no estás sola, no... —aventuré con escasa convicción.

—¿Tú los has visto? No sienten nada. Los han olvidado. A Claudia, a Tommy... Hoy alguien ha dejado la mochila en su silla. La he quitado, la he tirado al suelo y me he puesto a gritar. No he podido evitarlo. Dicen que estoy loca, pero es que no han pasado ni quince días. No pueden olvidar tan pronto. Es cruel.

—Tú eras su amiga más cercana y es muy difícil superar algo así en...

Me interrumpió. Y alzando la voz para que la oyeran un par de chicas que salían del lavabo y que, efectivamente, la miraban como si hubiera enloquecido, gritó:

—No hace ni 48 horas que estuvieron en su entierro. Fueron todos, la primera Marta Guzmán, la que dice que no la olvidará mientras viva, la que pierde el culo cuando ve un micro. Era ir al entierro o un par de clases. Todos, del primero al último. Algunos lloraban como si acabaran de perder a una hermana. ¿Y ahora? Claudia está allí, en aquel agujero. Sola, completamente sola. No volverá. Y ahora la olvidan como si nunca hubiera existido. La han borrado de la lista, y eso aún puedo entenderlo, pero ¡que dejen la mochila en su silla!

Se le rompió la voz y emitió un quejido. Resultaba obvio que las subordinadas adjetivas eran solo un pretexto y que también lo era aquella mochila, las excusas del inconsciente para hacer aflorar la rabia. Esperaba que la profesora implicada consiguiera entenderlo.

—¿Y quieres que te diga una cosa? Para que lo sepas, Claudia se estaba cansando de Tommy y él se había dado cuenta. No era tonto. Lo suyo se habría acabado antes de Navidad.

—¿Te lo dijo ella?

—No necesitaba decirme las cosas claramente, yo lo sabía con solo mirarla. Lo había visto antes. Muchas veces. Dejaba de cogerle las llamadas, arrugaba la nariz cuando veía que era él… Y, además, no hacía falta que me dijera nada: los últimos días no hacían más que discutir y pelearse.

—¿Había otra persona? ¿Otro chico?

—No. Yo lo habría sabido. No había nadie. Simplemente se estaba hartando de él. Era lo que hacía siempre.

—Pero eso no es suficiente… Las parejas discuten. Todas, sin excepción. Eso no quiere decir que la relación haya acabado.

Dejó de mecerse. Abrí los brazos y la dejé ir. Raquel levantó la cabeza y retiró las lágrimas con la manga de la sudadera. Recuperaba la compostura. No le sería tan fácil rescatar las ganas de vivir.

—Sí, esta vez sí, para Claudia, sí. Yo la conocía. Tú, no. Cambió el fondo de pantalla del móvil, quitó la fotografía en la que estaban juntos, cambió la de su perfil de WhatsApp y también el número de su contraseña. Claudia no tenía secretos para mí. Ninguno. Lo cambió para que él dejara de espiarla. No es que fuera celoso, no diría tanto, pero siempre intentaba saber dónde andaba. Yo creo que Tommy se lo veía venir, sabía que la estaba perdiendo.

—¿Cuándo hizo eso?

—El día antes de que la mataran.

PABLO

Por iniciativa del equipo directivo, y con el visto bueno de la inspectora, la entrega de notas, que se suele dejar para el último día de clase antes de las vacaciones, se adelantó al jueves por la tarde. Los padres, o en su defecto los tutores legales de los alumnos, vendrían personalmente a recogerlas y tendrían ocasión de hablar unos minutos con el tutor. Se acordó que al día siguiente los alumnos no vendrían al centro y que el equipo docente celebraría un claustro. Nadie protestó la decisión, ni la más mínima objeción. Ninguno de los miembros del AMPA cuestionó la medida. La opinión generalizada era que, cuanto antes acabáramos el trimestre, mejor. Los alumnos a casa de inmediato, a esperar el año nuevo y a confiar en que mejorara nuestra suerte. Empeorar resultaba difícil, pero no imposible.

Éramos como aquellos desafortunados que han padecido una gran desgracia y que instantes antes de abrir los ojos creen que se encuentran en mitad de una pesadilla pavorosa. Una pesadilla que no desaparecerá cuando despierten, fijen la mirada y comprueben desconsolados que se encuentran en su cama, la misma en la que llevan noches de dolor y de llanto. Creen fugazmente, pobres ilusos, que se descubrirán indemnes, que el horror se habrá esfumado y que nada de lo que les aterrorizó durante el sueño habrá acontecido. Pero no. Eso no pasa nunca.

Me gustaba ser tutor, nunca le hice ascos a una tutoría. Pensaba, y lo sigo pensando, que, más allá de la asignatura que cada profesor imparte, ser tutor proporciona una visión completa. En algunos casos constatas la magnitud de un desastre sin paliativos. Alumnos a los que nada les interesa, que consideran una bajeza invertir el más mínimo esfuerzo, clamorosos fracasos de una sociedad y de un sistema educativo francamente mejorable.

Sin embargo, el tutor conoce también el reverso. Junto

a ellos, y haciendo mucho menos ruido, aquellos que siempre llegan a la hora, que se interesan por casi todo, que hacen lo que se les indica y lo hacen bien, o muy bien, y en todas las materias. Aquellos que te sorprenden, los que disfrutan aprendiendo y los que saben que en esta vida todo, absolutamente todo, requiere un esfuerzo. Chicas y chicos que me parecen capaces de lo mejor.

Siempre he pensado que me gustaría saber qué será de ellos dentro de unas décadas. Espiarles durante dos minutos y comprobar si contribuyen a enmendar algo en este mundo. Así lo espero. El margen es amplio.

Aquella tarde esperábamos a los padres. Los que no podían asistir autorizaban a sus hijos. Cuando me asomé para comprobar si ya habían venido los primeros vi a Mónica entrando en la conserjería con un chico joven. Parecía explicarle alguna cosa, como si le enseñara el centro. Sonreía.

—Mónica, ¿sabes si en la entrada han colgado un papel con la distribución de las aulas? —pregunté.

Sentía curiosidad por saber qué estaba pasando. Con el curso avanzado no esperábamos nuevas incorporaciones.

—Sí. Todo controlado. Lo colgó Grau esta mañana. Mira, Pablo, te presento a Lucas, el sustituto del pobre Cosme. No sabes lo contenta que estoy. Demasiado trabajo para una persona sola.

Calculé que Lucas, que acababa de tenderme la mano, tendría unos treinta años. Era alto y fuerte. Se peinaba hacía atrás y parecía utilizar gomina para dominar un cabello negro y abundante. Tenía la sonrisa fácil y encajaba la mano como si pretendiera pulverizar tus huesos. Una perilla en el mentón le daba el aspecto de un amable mosquetero.

—Hola, Lucas. Soy Pablo Bonell, de Sociales. Me alegro de que te hayan enviado tan pronto. No es lo habitual.

—Hola, encantado. Mónica me lo está enseñando todo, pero nunca he trabajado en un centro tan grande. Habréis de tener un poco de paciencia conmigo. Estuve haciendo una sustitución en Via Laietana, en la consejería de Cultura, pero creo que esto va a ser muy diferente y los primeros días andaré muy perdido.

—Es lógico, tú pregunta lo que necesites.

Cuando regresaba a mi aula vi a Lissette en el pasillo en compañía de dos amigas que parecían consolarla. Llevaba la capucha del anorak puesta como si quisiera pasar desapercibida y el sobre con las notas en la mano. Tenía los ojos arrasados y advertí que le temblaba la mandíbula.

Me extrañó, había oído decir que, a diferencia de Tommy, era trabajadora y muy despierta y que sus notas acostumbraban a ser brillantes. Sus circunstancias justificarían por sí solas un rendimiento peor. Sería lógico. Me acerqué con la intención de asegurarle que ya remontaría, que no debía preocuparse. Una de sus compañeras se separó unos pasos para acercarse a mí y me susurró:

—Ha llamado su padre, por lo de Tommy. Quiere que vuelvan a Bolivia. Y lo que es peor, su madre se lo está pensando.

También ella parecía a punto de llorar.

—Lissette no quiere irse. Ella está bien aquí. Nos tiene a nosotras. Y no quiere volver con su padre.

Me acerqué a la hermana de Tommy y no fui capaz de encontrar las palabras oportunas. Me limité a asegurarle que todo se arreglaría. Lissette me miró y en sus ojos pude comprender que nada tenía arreglo posible.

—Si puedo hacer algo… —aventuré a decir a modo de despedida.

Entré en mi aula y esperé un par de minutos. La primera madre no tardó en aparecer.

—¿Puedo pasar? Me dijo Noelia que le habías dicho que viniera a las 16 h.

—Sí, claro. Pasa, pasa.

La madre de Noelia era la primera. Detrás de ella, otros veinte padres, madres en casi todos los casos, irían desfilando por el aula para recoger las calificaciones e intercambiar opiniones.

—Estoy muy preocupada por Noelia, por todo lo que está pasando aquí. Es tan terrible.

—Sí, es terrible. Nos está costando asimilarlo. Pero Noelia no va mal. Sus notas están bastante bien y yo diría que no ha perdido concentración —dije al tiempo que le entregaba el boletín.

—No son malas, no. Lo aprueba todo —admitió ojeando el boletín que acababa de entregarle—, pero creo que están bastante por debajo de lo que ella puede hacer. Mi marido y yo pensamos que podría hacer más.

La mayoría de los padres tendemos a apreciar en nuestros hijos virtudes y capacidades, la inteligencia especialmente, que no siempre se corresponden con lo que los docentes comprobamos a diario. En otros casos, esos mismos padres se adelantan a cualquier comentario ajeno y pasan a criticar despiadadamente a un hijo que nos consta que está haciendo todo lo que puede.

La desidia es el recurso clásico y demasiadas veces el profesor tiene la sensación de que tachando de perezosos a sus hijos consiguen que su apreciación inicial, la del talento indiscutible, quede así fuera de toda duda y discusión.

—Es bastante vaga, eso es verdad, pero si se pone puede sacar notable y excelente en casi todo. En primaria era de las mejores. Pero entre que se pasa el día con el móvil y con todo lo que está pasando ahora... Lo que veo es que aquí no se concentra.

—Bueno, la verdad es que las notas se pusieron hace unos días, antes de todo este maldito lío. Antes de lo del pobre Cosme. No puedo decirte de qué forma ha podido afectarle. Pero yo diría que no...

—Quizás en otro ambiente, con otras compañeras...

—Perdona, pero no sé si te entiendo. ¿A qué te refieres?

—Bueno, he preguntado y sé que los padres escolapios, los de allá arriba, la cogerían —y al decirlo bajó la voz y la mirada.

—Pero ahora, a mitad de curso… No creo que sea lo que más le convenga. No es fácil adaptarse. En todo caso, cuando acabe valoráis la posibilidad y…

No me dejó acabar.

—Es que allí las cosas son más tranquilas… Todo es más normal. Noelia no se encontrará con…, con tanta gente de fuera.

—¿Lo sabe ella?

Negó sin despegar los labios.

—Todavía no hemos decidido nada —susurró al tiempo que guardaba el boletín en el bolso y se ponía en pie para marcharse.

CAPÍTULO 10

EMPAR

—¿Irás a la cena de esta noche, Empar?

Me sorprendió la curiosidad de Esteban, que acababa de entrar en el departamento. Los profesores que no somos tutores de ningún grupo debíamos estar localizables durante unas horas por si algún alumno planteaba alguna reclamación.

—Supongo que sí, Esteban. No es que me apetezca mucho, pero ya sabes, soy nueva aquí y me gustaría ir conociendo a los compañeros. Aunque quizás debería de haberse anulado. No lo tengo muy claro. Es una situación tan complicada.

Esteban se sentó frente a mí como si estuviéramos a punto de sostener una conversación confidencial.

—El año pasado fuimos al mismo restaurante. Está bastante bien. Es del hermano de Lucía y ella comentaba que lo tenían todo preparado para más de treinta personas y que habían rechazado a otros clientes. Anularlo supondría una putada para el negocio. Y lo entiendo.

—Seguro que sí, por eso he decidido ir, pero no tenemos mucho que celebrar. Iré por no fallarle a Lucía y porque me apunté hace días, pero creo que ninguna solución es buena.

—¿Sabes si irá Pablo? No se deja ver mucho últimamente. Diría que anda alterado, nervioso. Le iría bien ir, le conviene distraerse un poco, cambiar de aires, tomar una copa...

—Creo que sí, no quiere que su ausencia pueda dar que hablar. Creo que hace bien, ya sabemos lo que la gente es capaz de decir cuando no andas cerca. Aprovechando que no estás te ponen a caldo.

Por alguna razón aquella conversación con Esteban me inquietaba. Estábamos haciendo lo que yo misma acababa de criticar, hablar de Pablo en su ausencia.

—Voy abajo, a por una botella de agua —pretexté—. ¿Te traigo algo? Si alguien pregunta por mí, diles que en cinco minutos estoy aquí.

Asintió. Había advertido mi incomodidad.

Pensaba demorarme algo más y ambos lo sabíamos.

Al pasar junto a la conserjería me crucé con Víctor, el hijo de Cosme. Insinué una sonrisa a modo de saludo. Víctor correspondió con una mueca de reconocimiento. No me atreví a acercarme, el chico acompañaba a una mujer, sin duda su madre. La sostenía sujetándola por el brazo como si estuviera desorientada, probablemente así era. Avanzaban despacio precedidos por Jordi Grau, que los invitó a pasar a su despacho.

—Pasad, por favor. Enseguida vendrá Adriana. Mientras esperáis, os traigo las cosas que Cosme tenía aquí, las guardaba en la taquilla del cuarto de mantenimiento. Poca cosa, una camisa vieja, unos zapatos, una carpeta con papeles y no sé si algo más.

Se perdió en el pasillo con un suspiro de alivio. Yo hubiera dado cualquier cosa por ojear la carpeta de Cosme. Probablemente Escalona ya lo había hecho.

PABLO

Conocía el restaurante del hermano de Lucía. Lo inauguraron el año anterior pocos días antes de que nos reuniéramos para celebrar la inminencia de las vacaciones, aunque hay quien insiste en seguir llamándola «cena de Navidad». Era un local cercano al instituto en el que los propietarios habían puesto ilusión y dinero a partes iguales. Él había sido prejubilado sin alternativas, y ella, despedida en uno de esos llamados reajustes laborales propiciados por la reciente absorción por una cadena francesa del pequeño hotel en el que trabajaba.

«Debemos reinventarnos», repitieron ambos haciéndose eco de una de esas consignas tan populares que suelen ayudar a unos cuantos y hundir definitivamente a la mayoría. Y lo hicieron. Por lo que decía Lucía, empezaban a fidelizar una clientela de barrio, aunque los números no acababan de salir.

Había quedado con Empar en la salida de la estación de metro de Llucmajor. Llegó puntual, siempre lo hace. La noche era fría y apenas quedaba gente en las calles. Recordé algo:

—Cuando salía he encontrado a Raquel, ya sabes, la amiga de Claudia. Me ha dicho que había estado hablando contigo y que había olvidado decirte algo. Me ha pedido tu móvil, quería explicarte algo. Parecía apurada y he pensado que quizás era importante. Se lo he dado y no sé si he hecho mal. Si hubiera sido otro alumno…, pero me ha parecido tan… No lo he pensado dos veces.

—No te preocupes. No importa. Está muy afectada y se ha quedado muy sola. Toda su vida giraba en torno a Claudia.

También yo tenía esa impresión. No le sería fácil seguir adelante.

Apenas cruzamos algunas palabras más antes de llegar. Ambos queríamos poder escoger a nuestros compañeros de mesa. Dadas las penosas circunstancias que atravesábamos, ninguno de los dos quería bregar con aquel colega que no abrirá la boca. Tampoco con aquel que referirá por enésima vez una anécdota que ya carecía de gracia en la primera ocasión y que su protagonista repite hasta la saciedad con el único propósito de colgarse una medalla ni con el que se queja por sistema. Por otra parte, y quizás esa era la razón de más peso, mi posición algo delicada me aconsejaba rodearme de aquellos compañeros con los que más simpatizaba.

Llegamos pronto, buscamos los sitios adecuados y dejamos chaqueta y bolso en la silla adyacente para reservarla. La práctica me parece éticamente algo dudosa, pero por una vez, y orillando el precedente, aparqué mis escrúpulos.

Incluso en una profesión con un escalafón jerárquico tan limitado como la nuestra tenemos muy claro el concepto de «autoridad». Probablemente está ya incorporado a nuestro ADN, como el color del cabello o el de los ojos. A nadie le extrañó que, con todos sentados ya a la mesa, fuera Adriana, la directora, la que tomara la palabra:

—No es necesario que os recuerde que este no es un curso normal y que esta no es una cena de Navidad como hemos hecho tantas. Es diferente, muy dolorosa para todos. Ninguno de los que estamos aquí olvidará nunca que dos alumnos, Claudia y Tommy, fueron salvajemente asesinados en nuestro instituto y que Cosme, que llevaba en él más tiempo que nadie, también ha muerto en circunstancias macabras y difíciles de explicar. Aún no sabemos quién cometió los crímenes, pero sí sabemos...

Esteban insinuó un carraspeo mientras me miraba a los ojos. Bajé la vista y todavía me pregunto por qué lo hice. Solo recuerdo que no pude evitarlo.

Adriana interrumpió su parlamento durante unos instantes. Cecilia, desde el otro extremo de la mesa, lo atravesó con la mirada.

—Perdón, perdón. —Y levantó las manos como si se excusara. Sonreía.

—Sabemos que hemos de continuar con nuestro trabajo. No tenemos otra. Nos espera un curso extremadamente difícil y solo pido que cada uno de nosotros haga lo imposible por ayudar, colaborar y mantenernos unidos. Hoy no podemos celebrar nada, no brindaremos, pero este acto ha de servir para tratar de recomponer como podamos nuestra situación, debemos luchar por sostener el centro.

Miradas bajas, semblantes serios y un silencio casi reverencial sustituyeron a lo que en otras ocasiones eran aplausos y entrechocar de copas. Juraría que Paco Carpio, sentado frente a Empar, estaba intentando evitar que las lágrimas le vencieran. Una actitud propia de aquel que cree en la contención y el pudor como pilares de la entereza. Por el contrario, Mónica, la conserje, a pocas sillas de distancia de la mía, había sacado el pañuelo y lloraba sin esconderse derrumbada sobre el hombro del joven Lucas.

EMPAR

No brindamos, pero bebimos. Y mucho. Sobre todo, Esteban Torres. Por hábito, aflicción, temor, rutina... Los motivos, como siempre, eran diversos, personales e intransferibles.

—En un centro privado esto no pasa, te lo aseguro —sostenía una profesora, con los ojos algo turbios y la sonrisa fácil, cuyo nombre no recordaba—. La disciplina es la disciplina y cuando toca trabajar...

Podía imaginar de qué hablaban y no me interesaba. A mi lado, Pablo apuraba una cerveza. Apenas había hablado en toda la noche. Seguía mustio, agobiado por las sospechas policiales de las que no había conseguido librarse y por el recelo que advertía, o imaginaba advertir, en la actitud de algunos compañeros.

El propietario del local se acercó con una bandejita plateada y una nota con la cuenta que depositó frente a Irene.

—Yo no, que soy de letras. Que cuente Paco, que es de mates —sugirió con ánimo festivo agitando las manos en el aire.

—No falla nunca, siempre hay alguien que lo suelta, como si solo los de ciencias supieran sumar y dividir —susurró Pablo irritado. Solo yo pude oírlo.

La mirada de Paco no alcanzó su propósito, no llegó a desintegrarla ni a lograr que estallara su cabeza, pero hizo que Irene bajara la vista y tardara unos segundos en levantarla.

Cecilia, sentada junto a él, sacó el móvil y nos indicó la cantidad que debíamos abonar. Me ponía en pie para marcharme cuando Paco gritó:

—Eh, ¿qué hace este aquí?

El tono poderoso de Paco Carpio hizo que todos volviéramos la vista.

—Tú, no te muevas —ordenó.

Junto a la puerta de entrada, un chico con un móvil en la mano cuyo rostro me resultó familiar abría mucho los ojos y boqueaba como si intentara buscar una explicación plausible.

—Ha hecho un par de fotos, lo he visto —añadió Esteban Torres al tiempo que arrancaba a correr, tiraba una silla interpuesta en su trayectoria y alcanzaba al joven que parecía paralizado por las voces de Paco—. Serás cabrón, hijo de puta. Dame ese móvil.

Lucas, el nuevo conserje, se puso en pie rápidamente dispuesto a sumarse al forcejeo. Casi volcó la silla. Mónica la sujetó a tiempo y tiró de él para que volviera a sentarse.

—No te preocupes, relájate, ellos se encargan.

El joven obedeció sin perder de vista el altercado.

Adriana, alarmada, parecía a punto de rendirse; como si su capacidad de afrontar problemas hubiera tocado techo. Incapaz de reaccionar de mejor manera y abrumada por las circunstancias, contemplaba la escena desde su silla.

—¿Qué haces aquí? ¿Quién eres? —quiso saber Pablo, que también se había acercado.

Esteban le había arrancado el móvil de las manos y lo zarandeaba.

—Bueno, yo…, la verdad es que…

El chico tenía cara de susto.

—Yo os diré quién es. Le recuerdo. Lo vi en el instituto los días que la prensa se nos echó encima. Y ahora ha vuelto a por más. Es un fotógrafo, un maldito *paparazzi*, pura carroña —bramó Esteban Torres, que tiró el móvil al suelo e intentó pisotearlo con poco acierto—. ¿No es así?

Su estado de ebriedad resultaba tan evidente que el propietario del restaurante le rogó calma y Jordi Grau tiró de él para separarlo del muchacho.

—Déjalo ya, Esteban. Que borre las fotos y se largue —dijo Pablo intentando calmar a Esteban, que parecía fuera de sí.

—¿Ahora vas de santo, Pablo? ¿Me vas a dar lecciones tú a mí? Serás… —farfulló agitando un puño en el aire.

—Tranquilo, Esteban. Esto no…

—Tú a mí no me dices lo que tengo que hacer. No eres nadie para… —gritó y fue interrumpido por Jordi Grau con una insólita determinación que asombró a los presentes. También a mí.

—Basta, Esteban. Se acabó.

Inducido por el principio de autoridad, el aludido dejó caer los brazos.

Grau recogió el móvil del suelo, se lo guardó en el bolsillo y se dirigió al joven:

—Será mejor que te vayas —le aconsejó recuperando su solemne tono habitual—. No puedes hacer fotos aquí. Esto no es la calle.

—¿Cómo ha podido saber que estábamos...? —preguntó Cecilia.

—Cuenta. Somos unos veinticinco de un claustro de cincuenta, y en el corcho de la sala de profes estaba escrita la dirección. Somos unos ingenuos. Ha podido ser cualquiera por complicar las cosas. No lo sabrás nunca —Paco respondió con amargura. La especie humana llevaba años decepcionándolo, desde que podía recordar.

Yo había visto entrar al chico y hablar brevemente con el hermano de Lucía. No sospeché nada. Acabado el incómodo episodio, deduje que aún les preocupaba cuadrar el balance cada mes y que quizás el aprendiz de reportero le había prometido citar el nombre del restaurante o bien reproducir su entrada en alguna de las fotos de los profes del «pasaje del terror» en plena celebración.

No dije nada.

—Me voy. Hasta mañana.

Pablo sacó dos billetes de su bolsillo y los dejó en el platillo.

—Sí, recuerda que el claustro es a las 9 —añadió Grau en un triste intento por recuperar la normalidad.

Pensé en salir detrás de él. No lo hice. Parecía tan alterado que decidí respetar su voluntad evidente de estar solo. Antes de abandonar el local en compañía de Cecilia, comprobé mi móvil. Tenía una llamada perdida de un número desconocido. Recordé a Raquel y su deseo de hablar conmigo. Faltaba poco para la medianoche. Demasiado tarde para devolver una llamada.

—Yo también me voy. Creo que he bebido demasiado. Nos vemos mañana —farfulló Esteban casi para sí mismo.

Ocupados como estábamos en abonar la cantidad exacta, o una buena aproximación, nadie intentó disuadir a Esteban Torres, que, tambaleante, había decidido pagar y salir. También Lucas abonó la cuenta, se separó de Mónica, con la visible contrariedad de la conserje, y abandonó el local.

CAPÍTULO 11

EMPAR

Por una especie de acuerdo, ni escrito ni necesariamente vinculante, un claustro convocado a las 9 de la mañana no empieza nunca hasta pasados diez o quince minutos de la hora en punto. Una demora de cortesía, dicen. Un hábito que a las personas obsesivamente puntuales nos cuesta aceptar e incorporar a nuestras rutinas. Siempre llego unos dos minutos antes, a menudo muchos más, a todas partes. Es mi forma de entender la cortesía.

Los profesores acceden a la sala, solos o charlando en grupo, con una tranquilidad pasmosa; como si el tiempo no corriera y el horario de inicio fuera meramente orientativo, una mala aproximación. En ocasiones, si en el interior hay todavía pocos miembros del claustro, hay quien llega a salir de nuevo con algún pretexto o sin él. Con el paso del tiempo he conseguido acostumbrarme a esa laxitud que impera en la mayoría de los centros. La práctica se me resiste.

Nadie, tampoco yo, tenía ganas de asistir a una reunión que raramente bajaba de las dos horas y en la que, por lo general, nos limitábamos a escuchar una retahíla de datos y algunas normas de funcionamiento de nueva incorporación. Cansada y algo alarmada, tenía ganas de empezar cuanto antes las vacaciones. También yo esperaba que sirvieran para poner fin a aquella extraña pesadilla. Si la ley preveía que, como mínimo, debía celebrarse un claustro por trimestre, lo mejor era no demorarlo.

Extraordinariamente el claustro iba a celebrarse en la biblioteca para evitar así reunir al personal en la sala de actos, lugar de infausta memoria en el que habían sido hallados los cadáveres de Claudia y de Tommy. Me vino a la cabeza lo que Esteban Torres, con su aspereza habitual, había dicho en una ocasión similar en la que esperábamos para celebrar una reunión de equipo docente:

—¡En la privada tendrían que currar!

Formaba parte del porcentaje de docentes con los que me había cruzado en mis muchos años de oficio que parecían convencidos de que en el sector de la enseñanza privada las cosas funcionaban como un mecanismo de relojería.

Dejé sobre una silla mi bolso y mi libreta y salí para devolver la llamada perdida. Imaginé que era Raquel la persona que intentó contactar conmigo casi a medianoche. No me había atrevido a llamar antes de las 9 y pensé en aprovechar la «dilación de cortesía». Por una vez bien podía ser yo la que llegara tarde. Robert Barrera me interpeló al paso y me sentí obligada a detenerme. Formaba parte de un grupo de profesores que guardaba silencio.

—¿Tú no viste nada, Empar?

—¿A qué te refieres? No sé de qué estáis hablando.

—Ayer por la noche, después de la cena. Yo volvía para casa y al cruzar el paseo Valldaura habían atropellado a una persona. Menudo lío, ambulancia, coche de la urbana... No sé, tengo la negra, últimamente no gano para sustos. Por lo que oí, acababa de pasar.

—Todos la tenemos —coreó Lucía.

—No, no vi nada. Cogí un taxi con Cecilia.

—Un tipo se tiró al autobús. Eso es lo que dijeron. Hay que ponerle cojones para...

—O estar muy desesperado —apuntó alguien.

—Hay muchos más de los que acaban saliendo en la prensa.

Robert, interesado en el tema, siguió sin la menor intención de entrar todavía en la sala de actos.

—Suicidios, quiero decir. Muchos. Tengo un amigo que trabaja en un diario. Dice que no pueden hablar de ellos, que los ocultan por algo que tiene que ver con un efecto... No sé, tiene un nombre, pero no lo recuerdo —añadió golpeándose cómicamente la cabeza con el canto de la mano a la altura de la sien como para reactivar sus neuronas—. Hay quien imita estas cosas. Yo solo sé que se montó un pollo de mil demonios. Le habían puesto una funda, lo habían tapado, no vi si era hombre o mujer. Decían que era un hombre, pero...

No tenía muchas ganas de disertar sobre la existencia o no del efecto Wherter ni sobre la tasa de suicidios en la ciudad que suponía elevada. Pretextando una llamada urgente, me disculpé y me alejé.

—Hola, Empar. No, no me despiertas. Te dijo Pablo que quería hablar contigo, ¿verdad? Es porque después de lo que hablamos recordé algo que creo que... No quería molestarte, pero no sabía a quién decírselo y he pensado que tú...

—No te preocupes. No es ninguna molestia. Tú dirás.

—Hace unos días un profe vino a hablar conmigo. Sabía que Claudia y yo éramos muy amigas. Yo no lo conocía, no me ha dado clase. Pensé que lo hacía como otros profes, por amabilidad, por educación, no sé... La gente hace esas cosas. Tú misma, tú y yo tampoco nos conocíamos mucho y sin embargo... Se acercó y me preguntó por nuestra relación.

—No me parece extraño. Es lógico que...

—Lo peor es que creo que hablé más de la cuenta. Me dio por ahí y me lie a largar como una estúpida.

—¿A qué te refieres?

—No, nada, no le expliqué lo que sentía, de eso no le dije nada. Pero sí que Claudia no tenía secretos para mí, que estábamos muy unidas, que lo sabíamos todo una de la otra, que sabía hasta el PIN de su móvil.

—Bueno, no creo que sea tan grave. Todo el mundo sabe que erais íntimas. Tú lo has dicho, yo misma lo sabía de veros andar siempre juntas.

—No, no es eso. Eso no importaría, pero es que... Es que trató de que se lo dijera. No me lo preguntó directamente, intentó sonsacarme. Que si él siempre utilizaba fechas históricas siguiendo el calendario de clases, que era lo más lógico para no olvidar... Que si las fechas señaladas se recuerdan mejor y que ahora tenía 1898 por la guerra de Cuba y...

Se interrumpió para tomar aire. A mi alrededor los últimos profesores se acercaban ya a la puerta de la biblioteca.

—Entonces no le hice mucho caso, pero ayer me lo crucé, recordé lo que me había dicho y me di cuenta de que lo que quería era que se lo dijera, que le diera el PIN de Claudia. Y si sigues pensando... ¿Para qué lo iba a querer si no tenía su móvil?

No necesitó continuar. Se activaron a la vez todas las alarmas. El móvil de Claudia no estaba en su casa y no fue hallado en el escenario del crimen. Todo hacía suponer que lo llevaba encima cuando fue asesinada. Barajé de inmediato dos posibilidades. Una de ellas especialmente dolorosa.

—¿Quién fue, Raquel? ¿Quién te preguntó eso? Necesito saberlo.

—No me acuerdo de su nombre, pero es de tu departamento. Siempre lo veo entrar allí.

—Solo hay dos hombres en mi departamento —apunté

bajando la voz como si alguien, a mi espalda, pudiera oírme al tiempo que una fuerza superior anudaba mi estómago.

Raquel me leyó el pensamiento.

—No, no fue Pablo —negó con convencimiento—. Pablo, no. A Pablo lo conozco. El otro, el más gordo.

Suspiré profundamente aliviada y susurré:

—Esteban Torres.

—Sí, ese.

—¿Y se lo diste?

—No. Ni se me pasó por la cabeza. Claudia no me lo decía para que se lo diera a cualquiera. Ella confiaba en mí. Yo no iba a fallarle como los demás. Pero ¿para qué iba a querer el PIN? Piénsalo.

—No lo sé, Raquel. Pensaré en lo que me has dicho. Quizás deberías hablar con la Policía.

—Sí, lo he pensado, pero…

—Te dejo, va a empezar el claustro. Te llamaré.

—Gracias.

Regresé a la biblioteca convencida de que Escalona necesitaba conocer el extraño interés de Esteban. Quizás Raquel malinterpretó el propósito de Esteban, pero podía tratarse de un indicio que la Policía precisaba conocer. Busqué a Pablo con la mirada, necesitaba explicarle lo que acababa de saber. Jordi Grau, en su calidad de jefe de estudios, tomaba la palabra:

—La Policía sigue insistiendo en que si cualquiera de nosotros recuerda alguna cosa o ha visto algo que pueda ser interesante, debe ponerse en contacto directamente con el subinspector Escalona. Nosotros, el equipo directivo, no hemos sido informados de nada. Sabemos que la investigación sigue su curso, pero, aunque hemos pedido que se nos tenga al día, el subinspector Escalona sostiene que es muy importante que se mantenga todo bajo estricto secreto de sumario, que es lo que la jueza señaló días atrás. Hoy por hoy sabemos tanto como vosotros.

Un rumor de descontento recorrió la sala de un extremo a otro.

Siguió hablando, pero dejé de atender para buscar a Pablo. Lo localicé justo en la otra punta, junto a uno de los ventanales. Difícilmente me vería si seguía mirando hacia Jordi y Adriana. No serviría de nada hacerle una señal. Intenté encontrar a Esteban Torres entre los asistentes. Sentada en una esquina junto a la puerta, recorrí la biblioteca varias veces con la mirada sin conseguirlo. Pablo, dotado de una visión cinematográfica de cada escena, habría hablado de un *travelling* circular, pensé. Creo que sonreí.

No había ángulos muertos. Esteban no estaba en el claustro y, por lo que sabía, no acostumbraba a ausentarse. Protestar, sí. Faltar a sus obligaciones, no. Perro ladrador, decía Carpio de él. Pensé que quizás la inevitable resaca le había impedido llegar a tiempo.

Necesitaba hablar con Pablo cuanto antes y escribí un mensaje: «Tenemos que hablar. Es importante».

Leí el mensaje. Lo envié, pero no advertí que Pablo consultara su móvil. Sabía que siempre lo tenía en silencio. Ni el más leve ronroneo. De hecho, tardó años en ceder a la presión y adquirir un teléfono móvil. Aún a día de hoy, cuando los demás lo miramos muchas veces al día, él lo consulta de tarde en tarde, como si nada verdaderamente importante pudiera provenir de un artefacto que seguía considerando un incordio.

Grau había cambiado ya de tercio y se hallaba en ese punto del discurso que resulta casi obligatorio repetir cada poco tiempo.

—Recordad: puntualidad; si la exigimos a los alumnos tendremos que dar ejemplo y no siempre lo hacemos. Ya sé que a veces los alumnos os paran por los pasillos, que tenéis que pasar por el departamento para buscar el material, lo sé..., pero debemos procurar no retrasarnos ni a primera hora ni en los cambios de clase. Si llegamos tarde al aula es mucho más difícil que los alumnos no salgan al pasillo.

Hizo una pausa muy breve y echó una ojeada a sus notas antes de seguir:

—También debemos tener en cuenta que no podemos dar las llaves de los lavabos a ningún alumno porque no ganamos para reparaciones. Siempre han de estar cerrados y el profesor de guardia es el responsable de abrir a los que lo necesiten.

Dejé de escuchar unos instantes. Demasiadas cosas en la cabeza. Esteban no estaba en la biblioteca, Pablo se había sentado en el otro extremo y no podía hablar con él y yo no dejaba de darle vueltas a la conveniencia de explicarle al subinspector mi conversación con Raquel.

Intenté seguir de nuevo el hilo del discurso de Grau y comprobé que no valía la pena. Había oído mil veces lo que el jefe de estudios se encargaba de recordarnos.

—Si los alumnos no pueden utilizar el móvil, nosotros tampoco. Y por último, pero no menos importante, no olvidéis cerrar las aulas a la hora del patio, ya sabéis que...

Y era cierto, lo sabíamos. Lo habíamos oído miles de veces. También yo, nueva en el centro, pero no en el oficio. A mi alrededor, algún resoplido de aburrimiento y más de un compañero consultando el móvil. A dos sillas de distancia, Paco emitió algo parecido a un relincho.

Volví a mirar a Pablo. Parecía ensimismado.

Justo en ese momento, mientras Jordi Grau seguía desgranando instrucciones para el correcto funcionamiento del centro, la mayor parte de los asistentes pudimos observar a través de los grandes ventanales de la biblioteca cómo un coche de los *mossos* estacionaba frente al instituto. Pocos segundos después se apeó Escalona en compañía de un agente y un murmullo recorrió la sala. A Pablo, que acertó a mirar cuando Escalona abandonaba el coche policial, el bolígrafo se le cayó de la mano. Al inclinarse para recogerlo tiró al suelo las gafas que había dejado sobre la mesa. Ningún buen observador habría pasado por alto su estado significativamente alterado. Seguía sin mirar el móvil.

Ajeno a todo, Jordi Grau continuaba:

—Recordad también las fechas de los trabajos de investigación. En cuanto volvamos, en enero, los alumnos tienen que entregar en secretaría una copia en papel y otra en un *pen*. Entonces procederemos a establecer los días de exposición y la composición de los tribunales; pensad que muchos de vosotros formaréis parte de…

Mónica abrió la puerta y buscó a Adriana. No se molestó en actuar con discreción. Con un gesto de su mano y evidente cara de susto le pidió que saliera. Jordi Grau se interrumpió y Adriana, que no había visto llegar el coche policial, se puso en pie de inmediato. El silenció se espesó y todas las miradas cayeron sobre el rostro de la directora. Quedaba claro que Grau no continuaría hasta que Adriana se hubiera marchado.

—Intentaremos que en los días de exposición los profesores no estéis en más de tres tribunales y, siempre que se pueda, trataremos de respetar vuestros horarios. Pero tenéis que entender que no siempre es fácil.

De nuevo se abrió la puerta unos minutos después. En el umbral, Adriana, muy alterada, se apoyó en el marco como si temiera que las piernas le traicionaran. No llegó a entrar. Que el claustro no se iba a desarrollar con normalidad ya lo habíamos asumido, pero que iba a acabar de forma tan abrupta y dejando a Grau con la palabra en la boca, era verdaderamente impensable. Ni mi imaginación, con tendencia al libre albedrío, daba para tanto.

—Yo…, yo no sé cómo decirlo. Acaban de comunicarme los *mossos* que ayer por la noche murió Esteban Torres. Parece ser que, cerca de la medianoche, lo atropelló un autobús, pero aún no hay nada claro. Por lo que he creído entender no descartan que haya sido asesinado. Como comprenderéis, levantamos el claustro ahora mismo. El subinspector Escalona me ha pedido que ordene que permanezcan en el centro todos los que ayer asistieron a la cena. Necesita hablar con nosotros. Así que..., por favor...

Superada por los acontecimientos, Adriana no pudo continuar. Desapareció del umbral y en la biblioteca las reacciones no se hicieron esperar.

Lucía se llevó la mano a la boca para sofocar un grito y el exabrupto de Paco Carpio pudo oírse desde el pasillo. Grau se desprendió de las gafas y las dejó sobre la mesa, prefería no ver lo que ocurría frente a él. Robert Barrera permaneció unos segundos con la boca abierta intentando asimilar la noticia mientras Cecilia, con las manos a la altura de las sienes, intentaba sobreponerse a la conmoción.

Permanecí clavada en la silla sin perder de vista a Pablo. Tenía los dedos crispados sobre la mesa y no le quedaba rastro de color en el rostro.

Quien yo creía que podía ser el asesino de Claudia y de Tommy acababa de morir y mis sospechas serían difíciles de confirmar. Por otra parte, las palabras de Raquel, de las que yo era la única conocedora, seguían pesando en mi memoria. También yo, como Adriana, me sentía superada por los acontecimientos.

PABLO

«Tenemos que hablar. Es importante».

Leí el mensaje de Empar. Advertí que lo había enviado hacía casi una hora. No pude imaginar de qué podía tratarse. No resultaba tranquilizador.

—¿Me presta atención, Bonell? —ladró Escalona impaciente.

La acumulación de muertes por esclarecer en torno a nuestro centro no solo le robaba el sueño, también suponía una importante contrariedad profesional. Desde el Conseller d'Interior hasta el intendente de la comisaría exigían resultados de inmediato. El policía parecía agotado y tenso como cuerda de violín.

—Sí, perdone. Ya lo apago.

—Como ya sabe, ayer por la noche murió Esteban Torres, profesor de este centro y compañero suyo. Todos ustedes tendrán que contestar de nuevo algunas preguntas. Si no me han informado mal, usted estaba en esa cena.

—No le han informado mal. Yo y otros veinticinco.

—Según me han explicado, el señor Torres había bebido más de la cuenta y se puso algo violento con un periodista. Un incidente desagradable.

—La verdad es que la presencia del fotógrafo nos incomodó a todos. Sí, Esteban había bebido mucho. Yo diría que no estaba acostumbrado. Se alteró y quiso resolver las cosas por la fuerza.

—Por lo que sé, fueron ustedes los primeros en marcharse. ¿Por qué se fue usted el primero? No era muy tarde, y estas cenas siempre se alargan.

—Estaba cansado, tenía sueño y solo pensar que alguien propusiera tomar algo más por ahí... No estaba de humor y había tenido bastante con la cena. Además, como usted acaba de decir, el incidente había sido desagradable. Pensé que, dado que me había comprometido, mi obligación era asistir. Y que ya había cumplido.

—Pero inmediatamente después salió Torres. ¿Se fueron juntos?

El policía, aunque respetuoso, no conseguía ocultar su irritación.

—No exactamente. Yo salí antes y segundos después salía él. Lo sé porque pude oír cómo se despedía, piense que hablaba a voces. Nos fuimos cada uno por su lado. Me fui y punto.

También a mí me devoraba la impaciencia. Necesitaba salir de aquel despacho en el que Escalona parecía traspasar mi frente, atravesar mi cerebro y leer en el fondo de mi cráneo. Me costaba lo que no está escrito sostenerle la mirada y hacía cuanto podía por no manifestar nerviosismo. No sé si pude conseguirlo.

—Pero lo lógico es pensar que caminaran ustedes juntos una parte del trayecto. Son ustedes colegas.

—Hace días que no encuentro nada que se ajuste a la lógica. Solo sé que no lo hicimos. Tampoco sé si íbamos en la misma dirección.

—¿Qué dirección tomó usted? —Y extendió sobre la mesa que nos separaba un plano del barrio—. Aquí está el restaurante. ¿Lo ve?

Asentí y rápidamente localicé un trayecto que evitaba el lugar en el que había muerto Esteban, el paseo Valldaura.

—Fui por estas calles hasta aquí. Crucé Via Júlia por aquí y luego caminé hasta llegar a la Meridiana y la atravesé a esta altura.

—Dio usted un buen rodeo. ¿No habría sido más fácil y más rápido a aquellas horas de la noche llegar hasta el paseo Valldaura? Y teniendo en cuenta que estaba usted cansado y con ganas de llegar…

No pude controlar mi ansiedad, aparqué mi aparente estoicismo y respondí:

—Uno camina por donde le apetece. Me gusta estar solo y necesitaba despejarme. ¿O también va a decirme qué calles puedo pisar y qué calles no me convienen? ¿Es usted poli o mi ángel de la guarda?

Escalona prosiguió. Era evidente que llevaba muchos interrogatorios a sus espaldas, también muchas respuestas fuera de tono o cargadas de agresividad. Sin dejar de mirarme a los ojos, continuó preguntando:

—Aquí, justo aquí, es donde murió Esteban Torres.

—Y señaló un punto sobre el mapa—. ¿Está usted seguro de que no pasó por esa zona en ningún momento?

Negué con un gesto.

—Por cierto, creo que tiene usted una moto… ¿Por qué no fue en moto a la cena?

—Empar es nueva en el centro y en el barrio. No conocía el restaurante. Quedé con ella en el metro y fuimos a pie.

Había rematado mi respuesta con aire de seguridad, sin vacilación ni altivez. Me arrepentí de inmediato. Aquella era una de las pocas afirmaciones que podía sostener con convicción y contrastaba de forma evidente con el resto de mi declaración. Sin duda nada de ello pasó desapercibido a Escalona.

—¿Cómo era Esteban Torres?

—Siempre he pensado que era un buen profesor y que explicaba bien la materia, aunque no le sobraban lo que ahora llaman «habilidades sociales». No era fácil congeniar con él, era una persona un poco especial. Por lo que sé no tenía familia y no creo que tuviera muchos amigos. Siempre parecía enfadado, como si estuviera resentido con el mundo entero. Como si la vida no lo hubiera tratado bien.

—Como si la vida no lo hubiera tratado bien… —repitió Escalona—. Y hoy por hoy tendría motivos para pensarlo. ¿No le parece?

No supe qué decir. A Escalona no le faltaba razón. Incapaz de permanecer inmóvil y aparentemente tranquilo, cambié de posición en la silla y aparté la mirada de la de Escalona durante unos instantes.

—Por cierto, no me ha preguntado por las circunstancias de la muerte de su compañero…

Y lo que parecía una simple insinuación era una carga de profundidad, una bomba cargada de metralla.

—Pensaba que las preguntas las hacía usted, para eso está aquí. ¿Acaso me iba a decir algo? Si es así, no se prive, soy todo oídos —intenté contraatacar con algo de ironía y escaso acierto—. Además, algo he oído. Un compañero ha hablado de un atropello justo ahí.

Y señalé el mapa.

—¡Deje de tomarme por idiota! —replicó con gesto airado y casi a gritos.

Apretó los puños y acercó el cuerpo a la mesa. Estaba perdiendo la sangre fría que había demostrado desde que se ocupó del caso.

—Sé que caminaron ustedes juntos hasta llegar aquí. No estaban ustedes solos, un agente les siguió.

El subinspector guardó silencio. Yo también. Acababa de pillarme en falso y comprendí que callar era mi única salida.

—Si quiere puede usted rectificar su declaración —sugirió recuperando la calma.

—No.

—¿Por qué discutieron?

—¿Estoy obligado a responder?

—Por el momento, no. Pero todo se andará.

—¿Me busco un abogado?

—No le iría mal.

Harto de mí y de mis contradicciones, Escalona suspiró y se recostó en el respaldo.

—¿Puedo irme?

Me sentí profundamente aliviado cuando apartó la mirada para fijarla en el listado que tenía sobre la mesa. Con un gesto me indicó que podía marcharme. Me puse en pie de inmediato por si cambiaba de opinión y me dirigí a la puerta. Todas mis vísceras se habían contraído dolorosamente. Necesité toda mi concentración para avanzar sin tropiezos.

—Esté localizable. Y por favor, dígale a Empar que pase.

No sabía qué era lo que Empar tenía que decirme, pero fuera lo que fuera me interesaba saberlo. Para mi disgusto, el subinspector acababa de evitar que pudiéramos cruzar unas palabras. Probablemente no se trataba de una casualidad. Era un hombre cerebral, astuto. Nada en su forma de proceder, ni el más leve detalle, parecía deberse al azar.

EMPAR

—Perdone que la haya hecho esperar, pero quería hablar personalmente con usted, no que lo hiciera uno de mis agentes. Verá, con su ayuda intentaremos establecer cómo se desarrolló ayer noche la salida del restaurante.

Las oscuras bolsas bajo los ojos y su gesto de cansancio evidenciaban que el subinspector no había pegado ojo la noche anterior. Aunque llevaba años escribiendo sobre crímenes pavorosos y me sentía poderosamente inclinada a hurgar en el lado más oscuro, no envidié su oficio ni su contacto directo con el delito. Prefería mil veces la manejable ficción a la aterradora evidencia de los hechos.

—Haré lo que pueda, pero no sé si servirá de mucho.

—No se preocupe. Quisiera que me confirmara si el orden de salida fue el siguiente: primero, Pablo Bonell; acto seguido, Esteban Torres, y un poco después, el resto. ¿Fue así?

—Sí. Más o menos. Creo que justo detrás de Esteban salió Lucas, el nuevo conserje —respondí.

Así era como lo recordaba.

—¿Bonell y Torres se fueron juntos? ¿Coincidieron en la salida?

De nuevo las sospechas parecían recaer sobre Pablo. Como si el subinspector se negara con obstinación a contemplar otras posibilidades.

—Yo diría que ni una cosa ni otra. No salieron juntos, primero lo hizo Pablo y poco después Esteban. Con poca diferencia, pero por separado.

—¿No le parece extraño?

—No. En absoluto. Piense que acabábamos de tener unas palabras con un fotógrafo que se coló en el restaurante. Ninguno de los dos parecía muy contento. No creo que tuvieran ganas de hablar.

Escalona asintió, conocía el incidente.

—¿Cree usted que en otras circunstancias podían haberse marchado juntos?

Me encogí de hombros. Lo dudaba. Pablo y Esteban no eran amigos. Difícilmente podía pensar en dos personas más diferentes.

—No sé qué decir. Quizás sí, pero no puedo asegurarlo. Pablo y Esteban eran compañeros, no amigos.

Escalona me sostuvo la mirada en silencio. Continué a pesar de que ya había respondido a su pregunta. Soy de aquellas personas que, por incomodidad manifiesta, tienden a fulminar los silencios. De las que hablan del tiempo en el ascensor o intercambian unas palabras de cortesía con el empleado con el que no volverán a cruzarse.

—Ayer todos estábamos alterados, había sido muy desagradable. Gritos, empujones... Además, sé que Pablo estaba cansado y que no tenía muchas ganas de asistir. Ni yo, si he de ser sincera. Ni nadie. Creo que hacía mucho rato que tenía ganas de irse. Y Esteban estaba muy bebido —añadí.

—¿Pasó mucho tiempo desde que ellos se fueron hasta que el resto salió del restaurante?

—No mucho, unos cinco minutos diría yo, quizás algo más. Cuadrar cuentas, recuperar abrigos, despedirse...

—Creo que cuando salieron ya no los vieron.

—No, a ninguno.

—Usted llegó al restaurante con Pablo, pero no se

marcharon juntos. ¿Por qué? —inquirió entornando los ojos levemente, como si afilara la mirada. Quizás esa era la pregunta a la que esperaba llegar desde el inicio de la conversación.

—Durante la cena decidí volver en taxi con Cecilia, no vivimos lejos y el metro acaba pronto los días laborables. Quería llegar cuanto antes a casa.

Asintió como si mis palabras lo hubieran convencido. Volvió a mirarme a los ojos antes de preguntar:

—¿Dónde lo cogieron?

—En el paseo Valldaura.

—¿Y no vieron nada extraño? ¿Un autobús parado, una ambulancia...? Concretamente aquí —dijo señalando el plano.

—No, eso queda tres o cuatro calles más abajo. Nosotras fuimos en la otra dirección, hacia Collserola para coger antes la Ronda.

Tomó nota de alguna de mis respuestas y de nuevo me miró a los ojos. No tenía razones para mentir, pero Escalona parecía desconfiar de mí. Clavó sus pupilas en las mías y examinó cada uno de mis gestos.

Me incomodó. Resistí como pude las ganas de decir cualquier cosa por trivial que pudiera parecer.

—Para acabar, ¿diría usted que Esteban Torres estaba tan borracho como para tambalearse y no poder cruzar una calle en condiciones?

No me cupo en aquel momento la menor duda, era aquella la pregunta a la que pretendía llegar.

—Caminaba con dificultad, a trompicones, pero no me atrevería...

No apartó la mirada, como si esperara algo más de mí, como si pudiera adivinar que ocultaba alguna información de cierto interés. Y, aunque no había pensado hacerlo sin hablar antes con Pablo y me maldije por ello, me sorprendí a mí misma pronunciando:

—Yo quería comentarle algo sobre eso. Creo que puede ser importante.

Ya no había vuelta atrás.

Escalona apoyó los codos sobre la mesa y se aproximó unos centímetros. Los mismos que yo retrocedí. No creo que pretendiera amedrentarme, pero la cercanía de un policía de servicio acostumbra a tener un efecto intimidatorio sobre el más templado de los mortales, y no soy ninguna excepción. No me invitó a hablar, pero esperaba que lo hiciera.

Le hablé de Raquel y de nuestra reciente conversación sobre el interés de Torres por el móvil de Claudia.

—¿No puede ser que Esteban Torres fuera la persona a la que buscan y que ayer, yendo bastante borracho, fuera atropellado por un autobús… —me aventuré mucho más allá de lo que había previsto, que era nada—, o que no pudiera aguantar más el sentimiento de culpa y decidiera acabar de una vez?

Permaneció en silencio unos instantes asimilando lo que acababa de oír.

—Me gustaría creerlo, para mí sería lo mejor, caso cerrado. A otra cosa. Pero su teoría falla al menos en un punto, y es un punto crucial, Empar. El conductor del autobús afirma que junto al hombre que fue arrollado por el autobús había otra persona. Y, aunque no puede asegurarlo porque estas cosas siempre pasan muy rápido, cree que había contacto físico entre Torres y la persona desconocida. No podemos descartar que esa persona lo empujara. ¡Ah! Y lo que sí puede asegurar es que esa persona era un hombre.

No sé si había acabado de hablar o si le quedó alguna cosa por decir. Solo que seguía mirándome a los ojos cuando su móvil empezó a sonar coincidiendo con sus últimas palabras.

Miró la pantalla. No mostró extrañeza, como si esperase la llamada.

—Escalona —se identificó.

Escuchó a su interlocutor durante unos instantes antes de preguntar:

—¿Del mismo paseo Valldaura? ¿Y son nítidas? ¿Se aprecia claramente? —al decir esto volvió su cara hacia mí. Creí distinguir un brillo de satisfacción en sus ojos. Juraría que el policía tenía interés en que yo escuchara esa conversación—. *Ok*, Guerao, entendido, acabo y en unos minutos voy para allí.

Intenté que mi cara no reflejara mi asombro. Probablemente no lo conseguí. No tenía nada más que decir y sí mucho en lo que pensar. Me puse en pie dando por acabada mi aportación a la investigación. Escalona no intentó retenerme, pero antes de que abandonara el despacho, dijo:

—Corríjame si me equivoco: Pablo Bonell y usted se conocen desde hace mucho tiempo, han trabajado juntos, colaboran… Son muy muy amigos, ¿verdad?

No creo que esperara respuesta.

Y no la tuvo.

Al otro lado de la puerta, Pablo aguardaba para saber algo más sobre el asunto tan importante del que quería hablarle. Tampoco él parecía haber dormido la noche anterior.

PABLO

Cuando Empar salió del despacho en el que Escalona interrogaba al personal del instituto, pude advertir el temor en su rostro. Parecía desconcertada. Se detuvo unos instantes junto a la puerta, como si intentara asimilar una información reciente. Levantó la vista, me miró y con un gesto rápido me indicó que la siguiera.

No hice preguntas.

Me precedió hasta el piso superior y abrió un aula desierta y fría. Me apresuré a entrar y Empar cerró la puerta para asegurarse de que nadie andaba en las proximidades. Su actitud me inquietó todavía más. No pude controlar mi impaciencia. Todo era tan extraño, tan ajeno a mi temperamento y a mi vida anterior, que apenas conseguía reconocerme a mí mismo.

—¿Qué ha pasado?

—¿Te ha explicado Escalona cómo murió Esteban? ¿Te ha dicho que lo atropelló un autobús?

—No, lo he imaginado por lo que decía Robert en el pasillo.

—Entonces tampoco te ha dicho que el conductor del autobús vio a alguien que pudo empujarlo.

—¿Eso es lo que te ha dicho? ¿Y tú le crees? A mí me ha dicho que uno de sus agentes nos seguía.

Empar no contestó. Comprendí que estaba intentando atar cabos, cavilaba. Era su mirada de alcanzar conclusiones.

—Te siguió, Pablo, te siguió —y al hablar alzó la voz. En una tira cómica Empar tendría una bombilla encendida sobre su cabeza—. ¡Claro! Lucas te siguió. ¡Es su agente! Salió detrás de Esteban. Ni se despidió. La cara de Mónica era un poema. Creo que el chico le gusta.

—¡Joder!

—¿No lo viste?

Me encogí de hombros y negué. Era cierto. No había advertido la presencia de Lucas.

Empar me miró como si no me conociera, como miraría a un desconocido del que tuviera motivos para desconfiar. Me sentí atrapado, empujado contra las cuerdas. Unas cuerdas invisibles en un *ring* imaginario. El tono de su voz cambió, se endureció al afirmar:

—Pero saber sí sabes, Pablo. Sabes algo más. Salisteis casi juntos, yo me asomé a la calle, Esteban iba tan mal que pensé que se estamparía al poner el pie en la acera. Pude oír cómo te pidió que esperases. No pude ver si continuabas o te parabas a esperar, pero Lucas sí lo vio. Seguro. Y conociéndote, si es que todavía te conozco, aseguraría que esperaste a Esteban.

Bajé la mirada.

—No se lo he dicho a Escalona —añadió—. Pensé que podía perjudicarte.

Tras unos segundos de silencio en los que sentí crecer la angustia hasta experimentar ganas de desaparecer, Empar prosiguió.

—Un tipo corpulento como él, borracho como una cuba, dando tumbos y hablando a voces a esas horas de la noche, llama la atención, Pablo. Es muy posible que aparezca algún testigo, un vecino, un taxista, alguien que sale a quemar un pitillo al balcón… Yo qué sé. Y ese testigo dirá que Esteban no estaba solo, que caminaba junto a un hombre, que hablaban, que discutían. Si además tiene el testimonio del conductor del autobús…

Asentí. Sus palabras eran irrebatibles.

—Ese hombre eras tú.

No acerté a responder. ¿Qué podía decir? No me quedaban arrestos para seguir negando. Tampoco para seguir engañando a Empar. Intenté ordenar mis pensamientos que parecían atrapados en una turbulencia y traté, sin conseguirlo, de hilar unas palabras razonadas, comprensibles. Farfullé alguna cosa, no recuerdo qué ni cómo. Empar se impacientó.

—¿Qué pasó? Explícamelo, necesito entenderlo. En algún momento tendrás que dar una explicación.

Era evidente que estaba tan asustada como yo.

¿Cómo explicar lo que ni yo mismo conseguía desentrañar? Le indiqué que se sentara por ganar tiempo y lo hizo en la silla de un alumno. Me situé frente a ella, muy cerca, como si me dispusiera a confesarme. En cierto modo así era.

—Cuando salí del restaurante, Esteban me llamó, quería que lo esperara. No lo hice, ya había tenido bastante con la escena del fotógrafo, pero me alcanzó. Seguía insultando al *paparazzi*, estaba muy cabreado, fuera de sí. Caminaba dando tumbos y voces. Resoplaba. Ya sabes. Como si fuera a embestir.

Empar sonrió, Esteban resoplaba con desagrado en cualquier circunstancia. Los alumnos lo hacían a sus espaldas para imitarlo.

—Cuando llegamos al paseo Valldaura se acercó todavía más a mí, me sorprendió. Se apoyó en mi hombro y me sujetó el brazo. Dijo que me necesitaba para cruzar. No desconfié, la verdad es que parecía necesitar ayuda, la mía o la de cualquiera. Hablaba sin parar, no sabía ni lo que decía. El caso es que ya no me soltó. Empezamos a bajar por el paseo y Esteban miraba hacia atrás de vez en cuando. No vi a Lucas. Si nos seguía debía hacerlo a mucha distancia. Esteban tampoco pudo verlo. Me sujetaba cada vez con más fuerza. Era mucho más corpulento que yo y mucho más fuerte. Seguía hablando a voces y le pedí que me dejara, pero no lo hizo, como si no me oyera. Cruzamos y llegamos a la acera en la que paran los autobuses. No quiso sentarse en el banco de la parada ni que le pidiera un taxi. Dijo que estaba algo mareado y que le iba bien caminar. Pensé que se refería a la siguiente parada. Creí entender que quería caminar conmigo porque quería explicarme algo. Algo importante.

—¿Qué?

—No podía imaginar… Al principio no conseguía entenderle, se le enredaba la lengua, se interrumpía. Acabé por comprender que intentaba hablarme de Claudia. Me insultó, me dijo que yo lo había estropeado todo, que era un canalla y que no tenía perdón. Me preguntó qué intención era la mía con la chica. No sabía ni de qué me hablaba, porque yo nunca tuve ninguna intención con ella. Claudia dibujaba corazoncitos sobre su firma en sus exámenes, en los ejercicios... Una chorrada, una...

—Lo hacía siempre. A mí también —apuntó Empar—. Siempre.

—Creo que Esteban pensó que solo los dibujaba para él. Es lo que me pareció entender. Pensó que sentía algo por él. Creo que quizás ella le dio pie de alguna manera y él interpretó... En algún momento dijo que había arriesgado mucho por Claudia, pero no entiendo qué es lo que quiso decir. Hasta que un día vio uno de mis exámenes sobre la mesa y pensó que...

—Que estabais liados.

—¡Menuda tontería! Me sorprendió, parecía muy dolido. La verdad es que eso es lo que deduje más tarde. Yo solo quería que me dejara en paz y llegar a mi casa, pero necesitaba saber qué más iba a decirme. Necesitaba darle cuerda, dejarle hablar. Seguía agarrándome por el brazo, culpándome de haber jugado sucio con Claudia y mirando hacia atrás de vez en cuando. Sin soltarme. Pensé que quería comprobar si alguien nos seguía o si venía ya el autobús, acabábamos de dejar atrás la parada y faltaban muchos metros para la siguiente. A esa hora, y si no hay gente esperando, bajan a toda velocidad. Pero...

El timbre que señalaba el cambio de clase resonó en el instituto vacío. Empar dio un respingo. Todavía no había conseguido acostumbrarse al efecto «sirena de mina», como ella le llamaba. No era la única.

—Pero me equivocaba. Con la mano libre sacó su móvil del bolsillo y me lo acercó. Sin soltarme ni un segundo y sin dejar de mirar atrás, dijo: «Mira». Creí que me iba a enseñar algo, quizás una prueba de su relación con Claudia. Es lo que creí en aquel momento. Ahora sé que lo que quería era que me distrajera un par de segundos, que bajara la guardia. Y lo hice, agaché la cabeza para mirar su móvil. Él volvió a mirar hacia atrás y dijo: «No le vas a joder la vida a nadie más». Vio que llegaba el autobús, retiró el móvil y con los dos brazos intentó empujarme a la calzada. Quiso matarme, intentó que me atropellara. Sé que cuesta creerlo, que no es lógico y que si estuviéramos escribiendo una novela quizás no nos parecería verosímil. Pero, borracho como estaba, quiso matarme y casi lo consigue. Pude oír el motor del autobús a pocos metros, allí mismo. Pensé que todo se acababa en aquella acera desierta cuando se abalanzó sobre mí, era mucho más fuerte que yo y solo tenía un propósito.

Como buena lectora de género negro, Empar no aceptaba que se demorase el final más allá de toda lógica.

—Y entonces…

—Esteban se desequilibró, calculó mal y metió el pie en el agujero ese que tienen los árboles en las calles.

—El alcorque.

—Si tú lo dices… Bendito alcorque. Tropezó en el agujero, intentó agarrarse al árbol, pero como iba borracho reaccionó tarde y con manos torpes. Al hacerlo separó los dedos y me dejó ir. Cayó a la calzada al paso del autobús mientras yo me agarraba al tronco del árbol.

Permanecí en silencio unos instantes. Empar necesitaba imaginar la escena en su mente, reproducirla y encontrar la coherencia en los hechos que acababa de explicarle. Cuando lo consiguió me animó a seguir con un gesto.

—El golpe fue brutal, todavía puedo oírlo. No lo olvidaré nunca. El autobús se lo llevó por delante varios metros antes de que el conductor pudiera frenar. Creo que murió en el acto.

Revivir lo sucedido se parece demasiado a volverlo a vivir. De nuevo sentí náuseas y la sensación de que mi vida había quedado alterada para siempre. De que no sería capaz de recomponerla. Empar seguía en silencio. Sabía cómo funcionaba su mente, intentaba visualizar la escena como si se dispusiera a enfrentarse a ella sobre el papel. Preguntó:

—¿Por qué no te quedaste? ¿Por qué huiste? Podías haber…

—Pensé que alguien podía creer que… No supe reaccionar, fue tan… Tan brutal, tan… Fue atroz.

—Habría sido más fácil quedarse y explicarlo todo.

—Solo pensé en desaparecer. Uno no siempre hace lo más fácil. Si nadie lo había visto no tendría que explicar nada. ¿Quién iba a creerme?

—¿Y qué vas a hacer ahora?

No había contestado a mi pregunta. Me encogí de hombros. No tenía ningún plan. Recordé que quedaba algo por explicar y me llevé la mano al bolsillo.

—Cuando Esteban tropezó, se le cayó el móvil, cayó a mis pies. Lo recogí. No sé ni por qué lo hice.

—¿Y qué has encontrado?

—Nada. No tenía batería. Por eso sé que era una trampa, que solo quería retenerme y que no iba a enseñarme nada. Tampoco conozco su contraseña. No podría desbloquearlo. Pero eso no es lo más raro.

Empar alteró el gesto, su rostro se había distendido, también su postura en la silla demasiado pequeña y demasiado incómoda, pero siguió en silencio. Hubiera dado algo por saber si me creía. Confiaba en que pronto acabaría por hacerlo.

—Cuando me guardé el móvil en el bolsillo encontré un papel. Es una nota. Mira. No me lo podía creer.

Estaba atrapado en una secuencia de acontecimientos con resultado de muerte que no conseguía explicar. En algún momento durante la madrugada, inmerso en un bucle mental aterrador, había llegado a dudar de mi cordura. Hablar de ello con Empar y comprobar que parecía dispuesta a considerar la posibilidad de que Esteban me preparaba una encerrona supuso un verdadero alivio. Por eso decidí no ocultarle nada.

—Léela.

EMPAR

> Ya no puedo soportarlo más. Claudia me engañó, se burló de mí, me humilló. Se lo merecía. Tommy y Cosme solo fueron daños colaterales.
>
> No era mi intención causar tanto dolor.
>
> Lo siento.
>
> Pablo Bonell

—Pero, ¿esto qué es? No entiendo... ¿Y firmada por ti? Parece una nota de suicidio. La nota de un asesino.

Sacudí el papel en el aire como si pudiera así desprender su significado. Me sentía perpleja y asustada. Pablo estaba lívido.

Asintió.

—Esa nota estaba en mi bolsillo. La encontré cuando me guardé el móvil. Y, desde luego, no he sido yo. Me conoces. No solo no tenía ninguna intención de suicidarme, si hubiera querido hacerlo, ¿crees que la habría escrito en un ordenador? Es de locos.

Tenía razón. Todo aquello parecía una verdadera locura. El resultado de una mente enferma.

—Juraría que Esteban me la puso. Pudo hacerlo en el restaurante, o luego, mientras caminábamos y me llevaba agarrado. Tuvo muchas oportunidades. Nuestros abrigos estaban colgados todos juntos. A nadie le hubiera extrañado que...

No continuó. No era necesario.

La examiné. Era un trozo de papel, un cuarto de folio recortado y doblado por la mitad. Letra de impresora. Negro sobre blanco. Nada destacable.

—No, no fue cuando caminabais. Estoy casi segura. Recuerdo haberle visto anoche junto a los percheros. Se levantó para ir al lavabo un poco antes de la trifulca con el fotógrafo. Estuvo más rato del que se necesita para coger o dejar algo en tu propio abrigo. Rebuscaba. Pensé que quería echarle una ojeada al móvil y que no podía encontrarlo. Me fijé, pero no le di importancia. Había bebido más de la cuenta, parecía torpe, como si no acertara a... Renegaba, recuerdo haberlo oído, no sé lo que decía, pero estoy segura. Lo atribuí a la borrachera.

—Eso significa que lo había preparado todo. Incluso la trompa que pilló, o que aparentó pillar. Ya no sé qué pensar. Lo que está claro es que tenía un plan. Y, a juzgar por el lío en el que estoy metido, su plan no era malo. Me atropella el autobús y aparezco muerto con esta nota encima que me inculpa de todo. Suicidio y caso cerrado. Pablo, culpable y al hoyo. ¡Qué cabrón! —Ocultó el rostro entre las manos y permaneció en silencio unos instantes—. Es una pesadilla. Y de las peores. Todo me señala y tengo que demostrar mi inocencia. Es..., es como caer en una trampa y no poder salir, no tener adónde agarrarte —susurró antes de levantar la mirada—. Y está Lucas...

Había rabia y espanto en sus ojos.

—Sí, es un mal asunto. Pero siempre hay un cabo suelto y podremos encontrarlo, seguro que podremos —afirmé para evitar que se derrumbara—. De algo tiene que servir nuestra dilatada experiencia con el lado oscuro —ironicé.

Ambos sabíamos que la ficción es lábil, manejable. Un divertimento. La realidad, por el contrario, es obstinada, irreductible, escurridiza.

Intenté sonreír. Me faltó convicción.

—No sé qué puedes hacer con esa nota. Ya sé que no la escribiste, pero tampoco puedes llevársela a Escalona. No puedes demostrar nada... Podrían buscar huellas, pero aunque hubiera cometido algún fallo y las encontraran, no serviría de mucho. No te exculparían.

—¿Y qué hago? ¿La quemo?

—¿Te has fijado en la letra? Times New Roman, la que por defecto aparece en el ordenador del departamento. Todos tenemos manías, yo la primera, ya me conoces. Y

Cecilia, y tú. Tú odias esa letra. Jamás escribirías nada en Times. Pero eso lo sabemos tú y yo, y quizás Cecilia, y probablemente Esteban, aunque no lo recordara, pero no sirve para demostrar…

—Sí, es cierto. Nunca la utilizo, pero no prueba nada. Nada en absoluto. No puedo ir con eso a los *mossos*. Escalona pensaría que lo he montado yo. Por el momento no tenemos nada. Sigo pareciendo culpable. Y no solo de la muerte de Claudia y de Tommy, también intentó achacarme la caída de Cosme. ¿Por qué Cosme? Sospecho lo que tenía contra mí, celos, envidia, un malentendido… Llámalo como quieras. Pero ¿qué podía tener contra él?

No tenía respuesta para la pregunta que me hacía a mí misma desde el momento en que leí la nota. ¿Por qué Cosme? No comprendía nada y no acababa de encontrarle el sentido. Tampoco pretendía alarmar a Pablo todavía más, pero pensé que no podía ocultarle lo poco que sabía. Si te dispones a jugar, mejor saber qué cartas llevas.

—No te lo he dicho, pero creo que no solo está Lucas, también tienen imágenes del atropello. Han llamado a Escalona y se lo han dicho.

—¿Cómo lo sabes?

—Estaba hablando conmigo y ha recibido una llamada.

—¿En el paseo Valldaura? ¿Imágenes? Cuesta creerlo. No estamos hablando del paseo de Gracia. No hay comercios importantes, todo son bares o supermercados pequeños. ¿No te parece mucha casualidad que llamen a Escalona justo cuando…?

—Quieres decir que igual…

Valoré en silencio la posibilidad que Pablo insinuaba. No pude descartarla. Reflexioné en voz alta.

—Puede ser una maniobra para hacerte creer que no tienes escapatoria. Escalona sabía que yo te lo diría. Quizás sí, quizás tienes razón, no lo sé, es un hombre astuto

—vacilé—. La verdad es que ya no sé qué pensar de todo esto. Si alguien me dice hace unos días que estaríamos tú y yo metidos en semejante berenjenal.

Me sobresaltó un ruido procedente de la puerta del aula. Pablo se giró de inmediato, como si esperara lo peor. Hacía horas que no aguardaba otra cosa. Mónica, la conserje, acababa de abrir la puerta. También ella parecía sorprendida.

—¡Ah, hola! ¿Estáis aquí? Pensaba que no quedaba nadie. Voy comprobando aulas. Adriana me ha dicho que en cuanto se marche la Policía cerramos el instituto. Y creo que el subinspector se acaba de ir.

—¿Cierras ya mismo?

—No, todavía, no. De todas maneras, Adriana y Grau estarán aquí hasta las dos, ya sabéis cómo son. Y si ellos se quedan, servidora también —añadió con cara de disgusto—. Así que si os queréis quedar... Pero yo voy avanzando faena para que no se me hagan las tantas. Como las aulas ya no se van a necesitar, voy a seguir a lo mío. Hasta ahora.

Mónica cerró la puerta y desapareció.

—Necesito un café. Necesito pensar, caminar, airearme.

Me levanté y me dirigí a la puerta. Pablo apenas reaccionó. Permaneció paralizado, como si no me hubiera oído. Antes de salir del aula busqué un cargador en mi bolso. Lo había dejado al entrar colgado de la silla del profesor tal y como tengo por costumbre. Me acerqué de nuevo a él.

—Has dicho que tienes el móvil de Esteban. Y sin batería, ¿no? Pues toma, coge mi cargador. Enchúfalo.

—¿De qué servirá si no podemos...?

—Enchúfalo, date prisa. Y espérame aquí.

Bajé a la máquina. Estaba confundida y superada por los acontecimientos. En la puerta, los últimos profesores comentaban el fallecimiento de Esteban. Alguien sugirió que el instituto parecía bajo los efectos de una maldición. Asintieron unánimemente. Probablemente ninguno de los presentes recordaba haber conocido mayor consenso. Ni Paco, que en otras circunstancias hubiera dejado escapar una carcajada, tuvo nada que objetar. Se encontraban en ese momento de la conversación en el que un observador diría que los interlocutores están a punto de despedirse y de alejarse. Pero se equivocaría, siempre aparece un comentario banal, repetitivo, una observación ligera que hace que la charla se demore casi indefinidamente.

—Era un hombre extraño, nunca sabías por dónde iba a salir, pero no se merecía una muerte así —susurró Lucía.

Nueva conformidad general. Una dilación desesperante.

No me detuve, tampoco saludé. Prefería que no me vieran.

Quería hablar con Adriana, había visto su cara de sorpresa cuando Escalona despidió a Pablo y solicitó mi presencia inmediatamente. Le debía una explicación. Aún no había decidido qué le diría ni cómo abordaría el tema. Esperaba que la improvisación, las inspiradoras musas o la divina providencia allanaran el camino.

—Hola, seño.

Yerom me pilló desprevenida. Me giré. Iba de sobresalto en sobresalto. Era un alumno al que solo conocía de la sala de guardia: yo porque mi horario así lo contemplaba, él porque casi siempre estaba expulsado.

—¿Nos darás tú las Sociales hasta que se acabe el curso?

—No te entiendo. ¿Yo? ¿Por qué? Yo ya tengo mis clases y vosotros tenéis un profe. ¿Para qué quieres otro? Ni que te gustaran tanto.

—Es que como dicen que el Esteban se ha *tirao* al tren y lo ha *espachurrao*... Eso quiere decir que nos hemos *quedao* sin profe. Y molaría que fueras tú —añadió con el propósito de halagarme—. Contigo aprobaba seguro, seño. Si se lo pides a la *dire*, te dirá que sí. Fijo.

Puedes llevar años escuchando a tus alumnos y sorprendiéndote de sus curiosas deducciones, pero nunca dejará de asombrarte su curiosa visión del mundo. Una visión generacional que tiende a simplificar las cosas hasta extremos improbables y supuestos que escapan a la lógica más elemental. A rey muerto, rey puesto. Por no hablar de su sentido de la ética personal. Un verdadero campo de minas.

En ocasiones he llegado a sospechar que, de alguna extraña manera, habitamos planetas diferentes y muy muy distantes.

No intenté rectificar la idea que Yerom tenía de los hechos. Me limité a desearle felices fiestas y a manifestar mi ignorancia respecto a la identidad del sustituto que nombraría el Departament d'Ensenyament.

Del despacho de Adriana vi salir a Escalona, a quien ya creía fuera del centro, y junto a él, a un hombre de mediana edad. Reconocí al padre de Claudia. Había envejecido diez años en quince días, pero no había perdido el temple ni la arrogancia que empleaba para dirigirse a todo el mundo. En esta ocasión le tocaba a Escalona. Se enfrentó a él con voz grave y alterada:

—Entonces, ¿fue él? ¿Sí o no? ¿Ese monstruo que mató a mi hija es el mismo que ayer mató a otro profesor? ¿Cuándo van a cogerle? ¿Qué están haciendo ustedes?

—Todavía no sabemos nada con seguridad, señor Pellicer. Es un caso muy complejo. Nada me gustaría más que poder cerrar esta investigación. Pero le mantendré informado en cuanto tengamos algo oficial. Por ahora solo puedo decirle que seguimos investigando.

El padre de Claudia, con cara de incredulidad, lo interpeló a voces:

—¿Todavía no saben nada? ¿Y qué es lo que hacen con nuestro dinero? Porque, que yo sepa, hasta ahora no tienen nada de nada. ¿Qué es lo que hacen? ¿Gastarlo en putas?

Tenía el semblante enrojecido y los puños apretados a la altura del tórax. Seguía gritando cuando el subinspector se encogió de hombros y dio por acabada la conversación. Creo que balbuceó un «lo siento».

El padre de Claudia dio un paso adelante con ánimo evidente de intimidar al policía mientras reclamaba el nombre del sospechoso.

Un agente se acercó a Escalona por si a Pellicer le daba por emplear la fuerza para reactivar así la investigación policial.

Santiago Escalona ni se inmutó.

PABLO

Un rayo verde sobre fondo negro me informaba de que el móvil se estaba cargando. Durante unos instantes, apenas lo que dura un parpadeo, recordé el rayo verde que aseguran se puede ver sobre el mar justo antes del anochecer o durante la salida del sol. Un verde bellísimo que, según Julio Verne, no podía copiar la paleta de ningún pintor y al que le dedicó una novela que tituló *Le rayon vert*. La mente es sabia, y poderosa, me proporcionó un respiro, un rayo verde, unos segundos de abstracción durante los cuales olvidé que, con toda probabilidad, no tardaría en ser acusado de un triple asesinato.

10 % ya. Ignoraba si lo que pretendía Empar era entregar el móvil a los *mossos*. Seguro que el cuerpo policial dispondría de la tecnología necesaria para detectar las llamadas recibidas y efectuadas por Esteban, así como el contenido de sus mensajes, pero no nosotros. ¿De qué podía servirnos un móvil al que no teníamos acceso, un

móvil mudo? Tampoco tenía claro que lo más conveniente fuera entregarlo así, sin más. ¿Podría ayudarme? ¿Cómo?

Si Torres había preparado hasta una falsa nota de suicidio, ¿qué no podría haber hecho? Llegué a la conclusión de que no, no me convenía que el móvil lo tuviera Escalona. Siempre podría entregarlo más adelante si las cosas se complicaban todavía más. *In extremis.*

15 %. ¿Era cierto que la policía había localizado imágenes del atropello, o era un farol de Escalona? De ser cierto, ¿qué podían mostrar? Era de noche y el paseo Valldaura, como tal, había sido pensado para caminar despacio y demorarse sobre las aceras. Es una vía de márgenes muy anchos que recorrimos caminando en todo momento más cerca de la calzada que de los edificios... Juraría que no podía haber imágenes del momento en que pasó el autobús y lo atropelló. De existir, quizás se me reconocería en ellas. Era una posibilidad, Pero eso solo probaría que le había mentido a Escalona.

¿Nos siguió Lucas? Yo no lo vi en ningún momento. No debió ver nada. ¿Otros testigos? En pleno invierno, y muy cerca ya de la madrugada, nadie tiene las ventanas abiertas, aunque siempre cabía la posibilidad de que algún vecino presenciara lo sucedido. Uno de esos fumadores compulsivos que se asoma a la ventana o sale al balcón para quemar un pitillo haga frío o calor y a cualquier hora del día o de la noche. ¡Maldito vicio! Si fuera por mí...

22 %. ¿Y qué hago yo ahora con el puto móvil? ¿Por qué ha querido Empar que lo enchufara? Y lo ha dicho con determinación, como si pensara en algo, como si tuviera algún propósito. Y ahora..., ¿por qué no vuelve? ¿A qué está jugando?

—¿Qué marca? —preguntó su voz a mi espalda.

—28 %.

—Es como el mío. Perfecto, vamos a ver si hay suerte.

Empar empezó a teclear. Apareció un logo, parpadeó y desapareció para volver a aparecer y dar paso a la marca del aparato, era un Samsung. Cuando se desvaneció definitivamente fue sustituido por lo que, a mi entender, era un obstáculo insalvable.

«Número PIN. 3 intentos».

—¿Y ahora qué? ¿Su número de DNI que tiene 8 cifras? ¿La matrícula de su coche? ¿Su fecha de nacimiento? —pregunté en tono agrio.

Seguía sin comprender adónde quería ir a parar.

—Nada de eso, déjame probar.

Y marcó cuatro cifras. 18… ¿Otro 8? Todo pasaba muy rápido y, tras una noche de insomnio, me costaba seguir el ritmo de sus dedos. Se detuvo y accionó «OK». Noté que contenía la respiración mientras los dos seguíamos con la vista fija en la pantalla.

«PIN de tarjeta SIM incorrecto. Le quedan 2 intentos».

—Mierda.

Permaneció en silencio unos instantes. Los labios fruncidos y la mirada clavada en la pantalla.

Cavilaba.

—¿Qué coño estás haciendo?

—Pablo, después de 1898 en Historia de España de segundo de Bachillerato, ¿cuál es la siguiente fecha clave?

—Joder, ¿y esa es la clave? ¿Una fecha? ¿Estás segura?

—Se lo explicó a Raquel cuando intentó sonsacarle el PIN de Claudia. Le dijo que cambiaba la clave cada quince días y según avanzaba el curso de Bachillerato lo hacía coincidir con las fechas clave. No me extraña. Era calculador y muy meticuloso.

—Y desconfiado.

—Sí, eso también. Dime. ¿Qué viene después en el temario? ¿La coronación de Alfonso XIII?

—Creo que sí, en 1902.

—Probemos.

«PIN de tarjeta SIM incorrecto. Le queda un intento».

—¿Qué hacemos ahora? ¿Seguro que lo que te dijo Raquel era eso? ¿Te fías de ella? Si no la conoces de nada.

—Sí, es lo que me dijo. Pudo equivocarse o que Esteban improvisara para convencerla, pero no tenía ningún motivo para mentirme. Estoy segura de que no lo hizo. Piensa, Pablo.

—A ver, esos dos acontecimientos quedan muy cerca en el temario, en la misma semana se explica todo. Si la cambiaba cada quince días quizás deberíamos alejarnos un poco en el tiempo.

—En ese caso, la siguiente fecha sería… ¿La Semana Trágica?

—Sí, podría ser, sería lógico que… 1909, sí, podría ser. Y es casi de justicia poética.

Aún no había acabado de hablar cuando los dedos de Empar tecleaban ya la fecha.

Se iluminó el aparato.

—¡Bravo!

El fondo de pantalla, acorde con la contraseña, era una imagen en blanco y negro de una ciudad en la que destacaban varias columnas de humo procedentes de los diversos altercados originados por la movilización de reservistas con destino a Marruecos. Sobre la estampa de una Barcelona sacudida por las protestas se alineaban los iconos. Como usuario de la tecnología más básica yo no conocía la utilidad de algunos de ellos.

—¡Sí! Gracias, Raquel. Te debemos una —aplaudió Empar.

—¿Y por dónde empezamos? ¿Por los *whatsapps*?

Empar todavía contemplaba el móvil desbloqueado intentando dar respuesta a mi pregunta cuando el sonsonete de una llamada nos sobresaltó. Empar dio un respingo y sin apartar la mirada del aparato, protestó:

—¿Justo ahora? Pero no…

—No es el de Esteban, es el mío.

Número desconocido.

Contraviniendo mi costumbre, atendí la llamada.

—¿Bonell? Soy Escalona. ¿Sigue usted en el instituto?

—Sí, sí, aquí estoy —respondí con un hilo de voz al tiempo que sentía cómo mi estómago se contraía de angustia.

—Pues quédese ahí, no se mueva. Un coche de la Policía pasará a recogerlo dentro de unos quince minutos. Espere en conserjería.

EMPAR

—Vamos a intentarlo, no te rindas. Quince minutos serán suficientes para tratar de encontrar alguna cosa.

Intenté parecer animosa. Hice cuanto pude por aparentar un optimismo que no sentía. Necesitaba evitar que Pablo se derrumbara. El móvil de Esteban era un aparato con muchos gigas de memoria, podíamos tardar horas en hacernos una idea de su contenido y mucho más tiempo en saber cómo utilizarlo para nuestro propósito. Esperaba que el hecho de que el mío y el de Esteban fueran similares en cuanto a su funcionamiento nos ayudara de alguna manera. Además, ni Pablo ni yo éramos expertos en este tipo de tecnología, ni en ninguna otra probablemente. No pasábamos del nivel «usuario sin aspiraciones».

Por el contrario, Esteban se jactaba de saberlo casi todo y de conocer todas y cada una de las prestaciones de móviles, ordenadores y tabletas. Un pozo de ciencia y tecnología contemporáneas.

Pablo estaba tan nervioso que apenas conseguía fijar la vista. Me apropié del aparato y decidí comenzar por los *whatsapps.* El último mensaje recibido de madrugada, y todavía sin leer, por razones obvias, pertenecía al que tenía como epígrafe «Humillados y ofendidos».

Me detuve un instante. Si entregábamos el móvil a la Policía Escalona sabría inmediatamente que lo habíamos manipulado y me convertiría en cómplice quizás por ocultación de pruebas, obstrucción a la justicia o cualquier otra categoría de delito pensada para «criminales en papeles secundarios». Triste protagonismo para alguien como yo, que llevaba años dedicada al género más negro.

Decidí seguir adelante. Pablo, con la cabeza entre las manos, respiraba aceleradamente, como si intentara lidiar con un ataque de ansiedad. Los habíamos visto tantas veces en aulas y pasillos que ambos sabíamos cómo hacerlo. Respirar despacio y profundamente, centrar la vista, contar… Dejé pasar unos instantes antes de acercarle la pantalla del móvil con los últimos chats en los que había participado.

«Humillados y ofendidos»
«Mamá»
«Álex»
«Ricardo»
«Cosme»
«Tía Paquita»

Le señalé el último mensaje recibido y aún no leído por Esteban, pertenecía a un chat cuyo nombre había despertado mi curiosidad: «Humillados y ofendidos».

Asintió sin aflojar los puños ni normalizar la respiración. Decía:

Quinlan

¿Y qué hay de esa alumna tuya…

—Fíjate. ¿Crees que hablan de Claudia?

Pablo, algo más tranquilo, se encogió de hombros y pulsó levemente la pantalla para leer el mensaje completo. No tuve tiempo de observar que eso probaría que había manipulado el móvil de Esteban. Demasiado tarde.

Leímos el texto.

> **Quinlan**
>
> ¿Y qué hay de esa alumna tuya que te lleva de cráneo, Peeping Tom? Llevas mucho tiempo sin explicarnos nada. ¿Aún no le has tocado las tetas?

—¡Hablan de Claudia!

—Diría que sí. Tira para atrás. A ver qué más hay.

Hubiera jurado que a Pablo le temblaba la voz. Me tendió el móvil para que yo continuara. Echamos un vistazo a los mensajes anteriores. No hacían referencia a Claudia.

> **Quinlan**
>
> La tía había dicho lo que dicen todas, que no le importaba el físico, solo el interior de las personas. Pero la muy cabrona cuando nos vimos no pasó de la cerveza en la barra. La mesa se quedó vacía y la hija de puta se largó con una mala excusa. La tía debía creerse Sharon Stone pero no pasaba de Kathy Bates, os lo aseguro. Que le den. No quiero ni verla. Si me la encuentro no sé si podré controlarme. Si cree que va a encontrar a un George Clooney...

—¿Quinlan? Me suena. Pero no sé... ¿Quién es Quinlan?

—Es el policía corrupto de *Sed de mal*, el que interpreta Orson Welles. Un tipo repugnante.

—¿Y Peeping Tom? Creo que se refiere a Esteban. ¿Esteban es Peeping Tom?

—Para los ingleses, *Peeping Tom* equivale a «mirón». Creo que es otra referencia al cine. A una película bastante antigua que aquí se llamó *El fotógrafo del pánico*. Era un psicópata que fotografiaba el terror en el rostro de sus víctimas justo antes de asesinarlas.

Y si Pablo lo afirmaba, yo no me atrevía a ponerlo en duda. Sus conocimientos cinematográficos sobrepasaban ampliamente los míos. Lo recuerda casi todo, es una enciclopedia del séptimo arte, puede reproducir diálogos enteros, encuadres, nombres de los secundarios…

—¿Un asesino? Como Esteban.

Pablo no respondió.

Seguimos leyendo los mensajes del extraño chat del que Esteban Torres formaba parte. No podíamos perder el tiempo en disquisiciones que no nos llevaban a ninguna parte.

Siffredi

Le dejé encima de la mesa de su oficina dos entradas para el teatro, aquí en Málaga se celebra un festival. Por lo menos fue discreta, la cabrona. Es una tía que se ha tirado a media oficina, pero la muy puta me las devolvió esa misma tarde. Por mis muertos que la zorra esta me chupa la polla o tiene claro su futuro en esta empresa, por algo soy su jefe.

Quinlan

Esa es la actitud.

—Este es de Málaga. Menudo cerdo.

—Sí, y Esteban de Barcelona. Es posible que apenas se conozcan, que no se hayan visto nunca y que cada uno sea de una ciudad diferente.

Mr. Celofan

Siffredi, recuerda las bases. No vale el nombre de lo que te gustaría ser. Ponte el que te refleja. En este chat no vale el postureo. Aquí las cosas claras. Esto va de humillación y de cine. ¿Entendido? No

te conozco, pero tal y como te van las cosas el tuyo
debería ser Torrente.

—Mr. Celofan es un personaje de *Chicago*, el marido tonto, siempre está allí y las mujeres no lo ven, un tonto útil, muy útil. Lo conocen, lo utilizan, pero es como si no estuviera —observó Pablo antes de que yo pudiera preguntar. Recordaba el personaje y su aparente transparencia—. Siffredi sabes quién es, ¿no? El actor porno.

Asentí.

Siffredi
¿Qué sabrás tú? Vete a cagar.

Mr. Celofan
¿No decía Woody Allen aquello de que lo mejor era hacer el amor con uno mismo, en definitiva, la persona a la que más quieres en este mundo? Eso es lo que haces tú y lo que hacemos todos. No quiero más chascos ni más humillaciones. Un buen vídeo porno y palante. Haced lo mismo y dejad de pasar malos ratos. Yo no soporto una ofensa más. No tenemos cuerpo ni dinero, por lo menos no el cuerpo que «ellas» buscan ni el dinero que esperan de un amante. Cuerpo y dinero es lo único que buscan esas zorras. Todas. Está más que comprobado.

Mr. Celofan
Nadie me ha dicho nada de lo que puse en el blog. ¿Y qué os parecen las fotos de las actrices del mes? Todas están como un queso aunque todas operadas. Pero quién las pillara.

Quinlan
Cómo te envidio, Peeping Tom. Todos los días rodeado de chochitos jóvenes. ¿Se huelen en clase?

Peeping Tom

No te pases, Quinlan. Y yo hablaba solo de una. Es encantadora, preciosa. No la conoces.

—Otra vez hablan de Claudia. Está claro que estaba completamente colgado de ella.

—Hasta las trancas.

Mr. Celofan

Ya, pobre iluso. Si crees que se va a fijar en ti.

Peeping Tom

Esta es diferente. No me ignora. Al revés. Me presta atención.

Retrocedimos un par de pantallas más y pudimos comprobar que los mensajes anteriores no diferían mucho en su contenido. Llegamos a la conclusión de que los componentes del chat probablemente habían conectado entre sí a partir de su afición al cine y de que aquel interés mutuo había derivado en una especie de confesionario en el que todos ellos desgranaban sus amargas decepciones en el terreno afectivo. Los sucesivos desaires les habían conducido a desconfiar de las mujeres y a considerarse injustamente tratados por la vida. Esteban, Peeping Tom, respondía al perfil. Físico poco agradecido, escasa fortuna en materia amorosa y resentimiento generalizado.

Parecían utilizar la charla anónima como una forma de catarsis. Mal de muchos… Probablemente semanas o meses atrás alguno de ellos hizo alguna broma de mal gusto y el resto le siguió la veta hasta que alguien decidió organizar un chat con el propósito de conversar sin escrúpulos y verter en él la bilis acumulada durante años de fracasos afectivos. Participaban sin tapujos en aquella conversación cenagosa a la que acertadamente habían llamado «Humillados y ofendidos».

Eran conocidos los casos de violencia extrema protagonizados por hombres a los que los expertos habían acordado asignar una etiqueta «incel» (*involuntary celibataires*). Hombres que se creen con derecho a todo y que a veces se comportan como salvajes. Una panda de cabrones. Pero no teníamos tiempo para divagaciones y pasamos al chat que conectaba a Esteban con Cosme, el conserje.

PABLO

Reconocí en la animosidad que supuraban los mensajes del chat «Humillados y ofendidos» la actitud de Esteban ante la vida, su falta de empatía, su desconfianza, su eterna envidia. Aun así, no alcanzaba a comprender cómo había podido pasar del aparente enamoramiento al asesinato en cuestión de pocos días.

—Esto se alarga. Ya sabemos de qué va. Vamos a ver de qué hablaba con Cosme.

Cosme

Te lo he dicho esta mañana. He visto cosas, muchas, no hago otra cosa. Ya te imaginas a qué me refiero. Sabes que Víctor no fue. Él nunca mataría a nadie. Tendrás que decirlo, tendrás que hablar, decir que salió contigo aquella tarde, lo que quieras. Tú andabas por aquí. Si no lo haces yo largo lo que he visto…

Esteban

Tú no has visto nada. Nada de nada. Si tu hijo es un asesino ese es su problema y el tuyo. A mí no me metas.

Cosme

¿Y los exámenes que coges y no son tuyos? ¿Crees que no sé para quién eran? ¿Crees que no tengo ojos en la cara? ¿Y cómo mirabas a esa chica? No soy el único que lo ha visto. Te aseguro que si acusan a mi hijo las cosas se van a complicar. La Policía querrá saber. Y les diré todo lo que sé. Te lo aseguro.

Esteban

Tú recuerda que sé lo que hiciste para que aprobara el inútil de tu hijo. Te juegas la jubilación si abres la boca.

Cosme

Los dos tenemos mucho que perder. Tú mucho más que yo. Y a mí no me queda mucha paciencia. Te juro que mi hijo no irá a la cárcel por algo que no ha hecho.

Apenas podía creer lo que estaba leyendo. Cosme sospechaba de Esteban, había deducido que entre el profesor y la alumna pasaba alguna cosa turbia y, por lo que decía, había visto en alguna ocasión que Esteban le hacía llegar los exámenes.

Nunca había lamentado tanto su muerte como en aquellos momentos. El testimonio de Cosme habría servido probablemente para desviar la atención de Escalona.

EMPAR

Mientras le daba vueltas a lo que acababa de leer, Pablo me pasó el móvil. Necesitaba pensar, asimilar lo que acababa de saber. Podía entenderlo, pero apenas disponíamos de algún minuto más. Pensé que probablemente el coche policial estaba ya estacionado junto a la verja de entrada y los *mossos* en su interior esperando verle aparecer. Deslicé la pantalla y aparecieron más chats con los que Esteban había interactuado:

«Presidente escalera»

«Lucía»

«Claudia»

«Óscar»

«Roser»

«Quinlan»

Señalé el nombre de Claudia.

Pablo cerró los puños y asintió.

El último mensaje enviado por Esteban decía así: «Tenemos que hablar cuanto antes. Hoy mismo. Sé dónde encontrarte».

—Mira, lo mandó el mismo día de los asesinatos.

—Y por la hora, lo escribió durante el claustro. ¿Te acuerdas que se alargó? No sé exactamente, pero... —Pablo vaciló— Juraría que a las 16:50 h aún no habíamos acabado. Fue interminable.

Tampoco yo recordaba la hora exacta.

—¿Sería una prueba? —preguntó como si yo, versada en la ficción más oscura, pudiera proporcionarle una respuesta fiable.

Lo intenté, también traté de no faltar a la verdad:

—Yo creo que como mucho sería un indicio. No prueba nada. No podemos saber si llegaron a verse aquella tarde.

Cabeceó en señal de asentimiento.

—Lo que no entiendo es por qué no los borró, por qué no eliminó el chat. Hubiera sido lo más lógico.

—No me atrevo a asegurarlo, pero si las cosas fueron como me temo, si él se había enamorado, y es lo que parece, quizás lo hizo para conservar algo de ella, el rastro de Claudia. Su fotografía en el chat, sus palabras... Para seguir creyendo que había o que en algún momento hubo algo real, que ella llegó a sentir cierta atracción por él. Estas cosas son tan complicadas.

Había pulsado la pantalla mientras hablaba y los mensajes intercambiados con Claudia aparecieron de inmediato. Me remonté al primero para entender mejor de qué iba el asunto. Correspondía a mediados de octubre y lo enviaba ella.

15 de octubre

Claudia

Quiero q sepas que si te he pedido el móvil era para decirte que me ha encantado tu clase d hoy. No podía dejar d escucharte.

Esteban

Gracias, Claudia. Me interesa mucho tu opinión. Buenas noches.

Claudia

Esteban, sé que es un poco raro, pero quería decirte que te quedan bien los colores oscuros. Hoy en clase me he fijado y creo que siempre deberías vestir así. Quizás también deberías cambiar tus gafas por unas más redondas, más modernas.

Esteban

Gracias por el consejo. Tendré que revisar mi vestuario. Y mis gafas. Dame tiempo. Buenas noches y que duermas muy bien

Dos días después.

17 de octubre

Claudia

No voy a poder preparar tu examen Esteban. No sé si presentarme. Mi madre está fatal. Lo d siempre, la puta depresión pero no se levanta d la cama y en casa está todo x hacer. La nevera vacía y la ropa por lavar. Tengo que hacerle compañía y con mi padre no puedo contar para nada. No vive con nosotros y todo lo arregla a gritos. Tengo los apuntes delante y no puedo concentrarme. Espero q puedas entenderme.

Esteban

No te preocupes, no será difícil. No sabes cómo lo siento. Sé muy bien lo que es convivir con una persona depresiva.

Claudia

Pero es que no quiero decepcionarte. Me importa mucho lo q pienses de mí. Y no quiero empezar mal el curso por culpa d mis padres. Y con Tommy todavía es peor, discutimos todo el día, no entiende que tengo que quedarme en casa. Así es imposible hacer nada.

Esteban

Algo se nos ocurrirá. Sobre todo repasa la 1ª República. Pero no hables con nadie. Y borra estos mensajes.

Claudia

Gracias. Eres un sol.

Esteban

Mírate el texto de Almirall. Lo tienes en el libro. Y de esto nada a nadie. Ni a tu amiga. No me fío de ella. Sé que me mira mal. Confío en ti.

Claudia

No te traicionaría nunca, puedes estar tranquilo. También yo confío en ti. Te he explicado cosas q no le he dicho a nadie. Sé que me escuchas y sé q te importo.

Los mensajes intercambiados durante la semana siguiente seguían en tono parecido:

3 de noviembre

Claudia

¡Colores oscuros! xD Me alegra q me hayas hecho caso. Solo faltan las gafas. Vuelvo a estar hecha polvo. No te lo puedes imaginar. El jueves tengo un examen de arte muy difícil; es el primero q hacemos y voy completamente perdida. En mi casa todo cada vez peor. Y Tommy no lo entiende, no le importan las notas, solo el fútbol. Menos mal que puedo hablar contigo.

Esteban

¿Examen con Pablo?

Claudia

Sí, él no es como tú. No le importa si estás bien o si tienes problemas. Para él solo somos máquinas de estudiar. Yo creo que no tiene vida propia. No le importamos una mierda. Estoy tan nerviosa. Si supieras… Y no puedo contar con nadie.

Esteban

Sí, puedes contar conmigo. Ya lo sabes. Hablamos mañana. Quédate cuando acabe la clase.

Claudia

OK. Seguro que me irá bien hablar. Eres encantador. Siempre me tranquilizas. Buenas noches.

Los mensajes se interrumpieron durante unos días y se reanudaron el miércoles siguiente. En esta ocasión era Esteban el que recuperaba la conversación.

9 de noviembre

Esteban

Si te pasé el examen no era para que sacaras un diez. Te lo advertí. Ten cuidado.

Claudia

Lo siento, pero es q no pude resistir la tentación. El profe va d sobrado y quería darle una lección. xD. Debería aprender de ti. La clase de hoy ha sido genial. ¿Verdad q me perdonas?

—Joder, ahora entiendo su superexamen. Será cabrón.

Pablo se interrumpió unos instantes. Cavilaba. No se molestó en corregir el desajuste en el tiempo verbal. No era necesario.

—Claro que Claudia sabía lo que ibas a preguntar. Jugaba con él. Hacía lo que quería. Era muy hábil. Aunque lo de la depresión de su madre creo que es verdad —añadí.

Y era cierto. La madre de Claudia se sumía en largos periodos depresivos durante los cuales lloraba durante horas, apenas comía y no se relacionaba con nadie además de negarse en redondo a tomar la medicación y a abandonar la cama. Claudia decía de ella que hibernaba en cualquier momento del año, como un oso que se hubiera vuelto loco.

—No es excusa. El que no tiene una madre enferma tiene un hermano problemático o un padre violento. Son muchos los que tienen problemas. Ya lo sabes. Muchos. Y muy graves. Siempre es así.

Asentí. No le faltaba razón.

Seguimos adelante intentando entender la complicada relación existente entre Esteban y la alumna asesinada. A mi lado, Pablo, cada vez más irritado. Deduje con perplejidad que Esteban también le había facilitado a Claudia las preguntas de mis exámenes.

—Me lo dicen y no me lo creo. Él, que hablaba pestes de los alumnos, que llegó a decir barbaridades...

Hubiera podido continuar, no lo hice. Quince minutos eran muy poco tiempo para desentrañar lo ocurrido y no debíamos malgastarlo en lamentaciones. Era cierto que nuestro compañero de departamento nunca mostró públicamente la menor simpatía por un alumno. Siempre que podía les dedicaba frases poco amables, incluso ofensivas, y más de una vez fue recriminado por ello y advertido por la directora.

Los mensajes restantes discurrían en términos parecidos. Claudia lo halagaba, sin reservas y sin escrúpulos, para pasar a quejarse amargamente de su suerte. Esteban la compadecía y hacía cuanto estaba en su mano. Y cuanto estaba en su mano era facilitarle las preguntas de nuestros exámenes. Todas. Las suyas, las mías, las de Pablo y las de Cecilia, que estaba maravillada con los resultados que Claudia obtenía en su materia: Economía.

Bien pensado, no era difícil. La mayoría de nosotros preparaba las pruebas en el ordenador del departamento durante alguna hora libre y guardaba las copias en papel en los espacios personales que no disponían de cerradura. Por lo que Cosme insinuaba, llegó a cogerlas incluso en la conserjería, que era también el espacio en el que se encontraba la fotocopiadora.

Pudimos comprobar que, según avanzaba el curso, la confianza entre ambos aumentaba. Todo indicaba que Esteban Torres no solo creía en la admiración que Claudia manifestaba por él, estaba convencido de que aquella relación contra toda lógica iba algo más allá de la mera confianza. Resultaba evidente que se estaba enamorando de ella y que esperaba, y creía, ser correspondido. También que ella utilizaba el espejismo de una relación desigual para obtener todo el provecho posible.

Cuando Claudia permanecía unos días en silencio era Esteban el que recuperaba la conversación.

26 de noviembre

Esteban

¿Todo va bien? ¿Necesitas algo? Me preocupa no saber nada de ti.

Sin respuesta.

Esteban

Me gustaría que nos viéramos fuera del instituto. Sé que lo estás pasando mal. Además tengo ganas de mantener una conversación normal. Es peligroso hablar por el chat.

No soporto que hagas ver que no hay nada entre nosotros.

Claudia

Te lo repito: no me agobies. Tengo demasiados problemas. No puedo verte fuera del instituto. Si mi padre se entera, me mata.

Esteban

Pero yo estoy harto. Lo que hago no está bien y lo hago por ti. Si llega a saberse me caería un paquete.

Claudia

Algún día hablaremos. Promise. Por ahora necesito tranquilidad.

1 de diciembre

Esteban

No entiendo por qué me has esquivado hoy. Necesito una explicación.

Claudia

No quiero que me vean hablando contigo. Tú siempre dices que nadie debe saber nada, que es peligroso. Estaba con Tommy. Ya sabes que salgo con él.

Esteban

Sí, ya he visto cómo te sobaba en el pasillo. Me dijiste que pensabas terminar con él.

Claudia

No me agobies. Dices que quieres ayudarme, que te importo mucho, pero no haces más que seguirme y agobiarme. Déjame en paz unos días. Por favor.

El único mensaje cruzado el día del doble asesinato, el lunes 4 de diciembre, era el que proporcionaba algún indicio de lo ocurrido.

Esteban

Tenemos que hablar cuanto antes. Hoy mismo. Si no contestas sé dónde encontrarte.

—Creo que todo esto debería servir para algo. Espero que Escalona me escuche —susurró Pablo mientras un suspiro de alivio, breve como un parpadeo, se escapaba de sus labios.

También yo lo esperaba, pero el tiempo apremiaba y no podíamos entretenernos en frases de aliento.

—Sabía que Tommy estaría entrenando y que ella estaba allí cada tarde. Debió de esperar a que Claudia apareciera y de algún modo la hizo entrar en la sala de actos.

—Buscaría intimidad. Estaba enfadado con Claudia por su indiferencia. Quería hablar con ella y la conversación era complicada. No podían hablar en el patio ni en la pista.

Había lógica en sus palabras, aunque todo cuanto pudiéramos suponer no pasaría de ser una pura especulación. Sin testigos, sin imágenes, sin pruebas... Pero cuando llevas años escribiendo novelas y has imaginado decenas de personajes, cientos de conversaciones y miles de páginas, se pone en marcha casi de inmediato el mecanismo mental que transforma una mera sospecha en un nuevo capítulo. En cualquier momento, a veces, a partir de un detalle, la idea crece, se hace compleja, adquiere matices y las palabras aparecen en boca de los personajes. La escena entera cobra vida.

Si lo que nos había tocado vivir podía acabar siendo una novela, yo ya imaginaba el capítulo en el que Esteban cometía el doble homicidio. Era imposible no hacerlo. Nunca había conocido un crimen tan de cerca como los que nos disponíamos a narrar.

Probablemente Esteban, airado y profundamente dolido, suplicó a Claudia unos minutos de atención.

La escena debió transcurrir aproximadamente así:

—Solo te pido un momento, Claudia. Escúchame, por favor.

—Di lo que tengas que decirme y déjame en paz. Tommy está a punto de salir y no quiero que imagine nada raro.

—Aquí, no. No quiero que todo el mundo se entere. Entra.

Claudia no se negó. Escucharía unos minutos a aquel pesado y se libraría de él. La hizo pasar a la sala de actos. Solo llegaba algo de luz procedente de la pista. Esteban no quería que nadie oyese una confesión tan íntima como la que había previsto hacer.

—Claudia, no me ignores. Llevas días sin dirigirme la palabra. No respondes a mis mensajes. No sabes lo que he arriesgado por ti, no sabes lo mucho que te necesito. Pienso en ti en todo momento. Estás siempre en mi cabeza.

—Pues no pienses tanto y sal un poco más, que te conviene. Además, eso ya me lo has dicho. Te repites. Y lo que es peor, me aburres.

—Pero es que no lo entiendes. No puedo dejar de pensar en ti, en nosotros. Tú también…

La chica dio un paso atrás. No le gustaba el tono angustioso de su voz y le asqueaba el aliento de aquel hombre siempre sudoroso que le triplicaba la edad. Esteban la cogió del brazo para evitar que se alejara. Quisiera o no, Claudia tendría que escucharle. No podía soportar su indiferencia. Ella no era como las demás, ella lo admiraba. Y sin embargo, no era admiración lo que leía en sus ojos.

Clavó sus dedos justo por encima del codo de la chica.

Claudia decidió que había llegado el momento de escupirle la verdad a la cara:

—¿Nosotros? ¿Has dicho nosotros? Pero ¿tú qué te has creído? Y deja de agarrarme.

Intentó alejarse. Los dedos de Esteban no aflojaron, le hacía daño. Tiró con fuerza. La sujetó con ambas manos.

—Sí, Claudia, sí. Tú y yo. Si tú quieres, yo dejo…

Y se acercó para besarla.

—Pero ¿te has vuelto loco? Déjame en paz.

Y un gesto de profunda repugnancia subió a su semblante. El rictus de asco que deformó sus labios no dejaba lugar a dudas. Esteban no quiso verlo.

—No, Claudia, escúchame.

—Pero ¿te has visto, Esteban? ¿De verdad crees que podría enamorarme de ti? Eres patético. Hablaré con Tommy, y con Adriana. Si no me dejas tranquila, te denunciaré. Yo puedo perder el curso, pero tú... Tú puedes...

Los dedos de Esteban se hincaron en su brazo y a los ojos de Claudia trepó el espanto. Solo un instante aflojó Esteban los dedos, solo el tiempo preciso para, con un gesto rápido, sujetar el cuello de la chica. En apenas unos segundos entendió que las ilusiones que, contra toda lógica, habían anidado en su mente enferma no eran más que eso: meras ilusiones.

Apretó sin dejar de hablar.

—No lo entiendes. Eres una chica estúpida. Guapa, pero estúpida. Podíamos haber sido felices. Yo hubiera hecho cualquier cosa. Te lo habría dado todo. Podíamos...

—Suéltame, su... él... t... a... m... e.

Y Esteban siguió hablando. Y hablando.

Tardó casi un minuto en aflojar la presión. Claudia tardó mucho menos en dejar de escuchar. El cuerpo de la chica cayó en redondo. Esteban no reaccionó de inmediato, como si no alcanzara a comprender lo que había sucedido. Permaneció de pie junto al cadáver admirando la belleza del cuerpo sin vida. Era lo más cerca que estaría nunca de sentirla suya. También a él le faltaba el aire.

Poco después oyó a Tommy que llamaba a Claudia desde el patio. Se abalanzó hacia la puerta, pero no llegó a tiempo. El chico entró mientras la seguía llamando. La había visto llegar durante el entrenamiento, siempre llegaba muy pronto para ver los minutos finales. Tenía la seguridad de que Claudia andaba por allí.

Al descubrir el cuerpo tendido de Claudia, el chico se arrodilló junto a ella. Esteban, oculto tras la puerta abierta, alzó una de las sillas y le golpeó con fuerza.

Una vez, y otra.

Y otra.

Pablo, que había permanecido en silencio unos instantes, me sacó de mis cábalas.

—Sí, primero estranguló a Claudia y luego mató a Tommy.

Asentí. Nuestras mentes funcionaban de forma parecida, a menudo durante una sesión de trabajo el pensamiento de uno era acabado por el otro, o bien nos atropellábamos proponiendo exactamente lo mismo para rematar una escena, un diálogo o la descripción de un personaje. Suponía que Pablo imaginaba lo sucedido en términos similares.

Continué:

—Dos homicidios, dos cuerpos. Comprendió que no podía deshacerse de los cadáveres. No podía sacarlos de allí sin ayuda. Actuó rápido, era un hombre de recursos. Retorcido, infeliz, pero con recursos. Colgó sus cuerpos para tratar de culparte. A ti, a Víctor, al chico de la obra, a cualquiera que no tuviera coartada.

—¿Cómo se enteró de que yo no la tenía?

—Tú lo dijiste a la salida del claustro, lo recuerdo perfectamente, salimos juntos. Dijiste que ibas a correr un rato para despejarte, llevábamos más de dos horas sentados y no aguantabas más. Creo que hasta Adriana pudo oírte. Y Esteban sabía que no vives lejos.

—Lo que no puedo imaginar es qué debió de decirle luego a Escalona. Seguro que lo interrogaron. ¿Qué coartada podía tener él?

—Quizás ninguna. Vivía solo. Aunque tal vez utilizó a Cosme para que le proporcionara una —aventuré—. No sé qué es lo que sabría de cómo su hijo consiguió aprobar el curso, pero lo tenía atrapado. No me extrañaría que hubiera...

No acabé la frase. Alguien llamó a la puerta. Dos golpes. Secos, discretos. Pablo dio un respingo y se tensó. Mónica abrió despacio y se excusó con un gesto. Detrás de ella, dos agentes de uniforme. Uno de ellos se adelantó al tiempo que Mónica se apartaba. Su semblante no presagiaba nada bueno. Quizás se había hartado de esperar.

—¿Sr. Bonell? ¿Hace el favor de acompañarnos?

Pablo me miró, cogió el móvil de Esteban, se levantó aparentando calma y se dirigió hacia la puerta.

Comprobé la hora. Habían volado más de treinta minutos desde que Escalona le ordenó que esperara a los agentes en conserjería.

También yo recogí mis cosas y les seguí. Mónica, que se había demorado cerrando la puerta del aula, caminó a mi lado hasta alcanzar el vestíbulo.

Antes de despedirse me susurró al oído:

—No pudo ser él. Pablo no haría nunca algo así.

CAPÍTULO 12

PABLO

Barcelona, 2 de enero

Me sobresaltó el sonido del teléfono. Acostumbrado a que cuando suena muy pronto o demasiado tarde casi nunca son buenas noticias, me incorporé inmediatamente con el corazón acelerado y en el estómago un mal presagio. Tanteé unos instantes en la habitación a oscuras hasta encontrar la puerta. Ya despertaría a Begoña si era necesario. En el salón una farola cercana permitía distinguir volúmenes y formas y se intuía ya la luz azulada del amanecer. No tardé en dar con el móvil, que se iluminó en el brazo del sofá.

—¿Lo has leído?

Era la voz de Empar y parecía impaciente y sorprendentemente animada.

—No sé de qué me hablas. No madrugo tanto como tú. Y menos en vacaciones. ¿Qué hora es?

—Casi las ocho —respondió como si fuera ya mediodía—. El periódico, Pablo, te hablo de la prensa. Estoy en una cafetería y lo tengo aquí delante, por eso te llamaba.

Su voz sonaba apremiante. Creo que sacudí la cabeza para ahuyentar el sueño y pregunté:

—¿Buenas noticias?

—Las mejores, diría yo. Te leo lo más importante.

Asentí en el vacío del salón en penumbra, me acomodé en el sofá y me dispuse a escuchar. Quizás me equivocaba y por esta vez la llamada algo intempestiva no acarreaba problemas. Mientras Empar localizaba el párrafo deseado pude escuchar el zumbido de una cafetera y el rumor de las voces procedentes de algún televisor cercano.

La policía ha concluido que el profesor del mencionado instituto, Esteban Torres, fue el autor material del asesinato de los dos estudiantes Claudia Pellicer y Tommy Paguay ocurrido el pasado 4 de diciembre, así como del conserje Cosme Manzano dos semanas después. Esteban Torres, que se había convertido en el principal sospechoso, murió accidentalmente antes de ser detenido por los *mossos.*

—¿El principal sospechoso? ¡Joder! El principal sospechoso era yo. Eso es lo que me hizo creer Escalona. Si casi consigue que me dé algo.

—Quizás no fue exactamente así. Nunca sabremos a quién seguía Lucas, a ti o a Esteban. Lo que es seguro es que a Escalona le conviene colgarse una medalla. Caso cerrado por la Policía.

—Es posible. A toro pasado…

—Sigo —anunció Empar.

Fue atropellado mortalmente por un autobús tras caer a la calzada en el momento en el que pasaba el vehículo. El conductor, que relató a la policía que no pudo hacer nada para evitar la violenta colisión, aseguró que Esteban Torres, que se hallaba junto a otro profesor del instituto cuando se produjo el fatal accidente, tropezó y se precipitó al asfalto en décimas de segundo. Su testimonio fue corroborado por Manuel Redón, un conductor que se retiraba del servicio y que en aquellos momentos conversaba con su compañero. Redón, que resultó herido al impactar contra el cristal delantero tras el frenazo, confirmó que el conductor no pudo detener el vehículo a tiempo. Posteriormente la autopsia reveló una tasa de alcohol en sangre muy elevada que probablemente fue la causa de que el fallecido perdiera el control.

—¿Qué te parece?

—Una buena manera de empezar el año —respondí aliviado al comprobar que mi nombre no aparecía en la crónica de los hechos.

—Aún hay más.

Durante la rueda de prensa la portavoz del cuerpo policial ha dado a conocer un dato especialmente relevante en el curso de la investigación. L. R., una mujer con la que Torres mantuvo una relación años atrás, había interpuesto una denuncia contra él por acoso y maltrato psicológico. El juez consideró probados los hechos delictivos y emitió una orden de alejamiento.

—Nunca habló de una relación —observé.

—No es extraño. Si acabó de la peor manera… Pero, a lo que voy. Yo diría que quedas exculpado definitivamente.

—Eso parece. Gracias.

Era obvio que el relato policial facilitado a la prensa no se ajustaba a los hechos. El conductor del autobús difícilmente podía haber atestiguado algo así, no con esas palabras o parecidas. Esteban no estaba, tal y como aseguraba el diario, en mi compañía; estaba intentando matarme.

Reviví la fuerza de sus manos en mis brazos al abalanzarse sobre mi espalda, sus movimientos torpes de borracho y mi reacción rápida, contundente.

No pude evitarlo. No quería evocar lo sucedido. Sin embargo, recordé cómo intenté resistirme y cómo comprendí que no me quedaba otra salida. Recordé mi pie acercándose a la altura de sus tobillos, un pie que no pudo esquivar. Rememoré el impacto de su espinilla, el primer paso corto y en falso, incluso su grito de sorpresa. Reviví cómo Esteban retiraba las manos de mi espalda en un intento por evitar la zancada fatal hacia adelante y cómo intentó agarrarse a mí en el último momento, cuando la caída resultaba casi inevitable mientras yo me sujetaba al tronco del árbol.

Probablemente Escalona sabía más de lo que podía demostrar, pensé. Era astuto y perseverante. No me cabía la menor duda. Quizás, dada la culpabilidad evidente del sujeto y la necesidad de cerrar el caso, el policía se había resignado y daba por buena una aproximación a la verdad.

No había cámaras en el lugar exacto del accidente. Afortunadamente era un farol.

No siempre gana el Gran Hermano.

EPÍLOGO

PABLO

Puedo imaginar a Empar frente al teclado ordenando ya sus notas. Casi puedo verla ensimismada, ajena a todo. Añadiendo detalles a lo apuntado, acotando, señalando observaciones, imaginando atmósferas.

Acabada la pesadilla, y en cuanto conozcamos algunos aspectos relevantes de lo ocurrido y del procedimiento que siguió la Policía durante la investigación, trataremos de darle forma a cuanto sabemos. No será fácil. Pero atrapar al lector en los múltiples hilos narrativos de una nueva historia es el reto que afrontamos con cada novela. La adicción que compartimos.

«Basada en hechos reales», podremos añadir. Saber que una historia sigue de cerca un hecho probado acostumbra a atraer a los lectores. Por su parte, los editores creen que la etiqueta siempre añade interés y que, en tiempos difíciles, hace subir las ventas.

Cambiaremos los nombres, la localización y quizás incluso los días en los que tuvieron lugar los crímenes. Será fácil mantener las circunstancias y añadir detalles que, sin faltar a la historia real, puedan ayudar a desarrollar la intriga convenientemente.

Y sé, con toda seguridad, que alteraremos el final, que lo plantearemos algo más ambiguo. Exculpado de cualquier acusación, no admitiré ahora que Esteban Torres murió por mi culpa. No pretendo ser el primer autor que, habiendo burlado a la Policía, confiesa la autoría de un homicidio en su propia novela.

La impresión de Líbranos del mal *concluyó el 12 de febrero de 2020. Tal día de 1940 nace en Barcelona Robert Saladrigas Riera, escritor, periodista y crítico, galardonado, entre otros, con el Premio Sant Jordi de Novela y el Josep Pla de Narrativa.*